記憶は罪ではない

大城貞俊
Oshiro Sadatoshi

コールサック社

記憶は罪ではない　目次

記憶は罪ではない

大城貞俊

第一話　特急スーパー雷鳥88号

1

「先生……、お元気ですか」

高橋は受話器を取ったものの驚いた。だれだか分からない。しかも夜の十時過ぎ、こんな時間に電話を掛けてくるのは、別れた女房の彩子《さいこ》か娘の青子《あおこ》か、もしくは間違い電話に違いない。そう思い込んでいたから、若い女性の声で「先生」と呼ばれて一瞬気が動転した。

先生と呼ぶからには高橋の教え子だろうか、あるいは職場の同僚かもしれない。数人の女教師の顔が目まぐるしく浮かぶ。が、声だけでは、とっさに判断できない。曖昧なままで返事をする。

「ええ、高橋ですが……」

「ご無沙汰しています。金沢から……、倫子《のりこ》です」

「倫子……って、相澤倫子さん？」

「ええ、そうです。相澤倫子です」

「いやあ驚いた、久し振り……。お元気ですか？」

「ええ……」

一瞬、電話の向こう側で返事をためらっているような気配が感じられたが、懐かしい声がしっかりと聞き取れた。

倫子の思い出が一気に蘇ってくる。倫子は高橋の教え子だ。倫子の表情や仕種が、テレビのスイッチを入れた後のように、画面上で動き出す。爽やかな笑顔が浮かんでくる。

倫子は、高橋がH高校に勤めていた数年前、担任をしたクラスの生徒だ。当時、H高校は県内でも一、二位を争う進学実績をもっていた。優秀な生徒が県内の各地から数多く集まっていたが、倫子はその中でもいつもトップクラスにいた。

そんな倫子に対して、高橋は地元の国立大学医学部を狙えと勧めていたのだが、倫子は頑なに拒んだ。数学の教師になりたいと、県外の大学への進学を希望し、今では金沢の地で自らの希望を叶え、数学の教師になって県立高校で働いている。

「先生……、お正月に久し振りに沖縄へ帰ろうと思っているんですが……。お会いしたいんです。お時間作れそうですか?」

「作れます、作れます。どんな用事があっても時間を作ります。たっぷり作ります」

高橋の冗談めかした返事に、受話器の向こうで倫子の笑い声が聞こえた。

高橋は、倫子の声を聞きながら、そっと倫子の歳を数える。もう、二十七、八歳にはなっているだろうか。年齢は定かではないが、丁寧な電話の受け答えには、高橋が面喰らうほどの一人前の大人の女性としての対応が感じられる。

　開け放った窓から冷たい夜風が入り込む。高橋が一人で住んでいる首里《しゅり》のアパートは、弁が岳の高台にあり、高速道路を走る車のヘッドライトが糸を引いたように流れて見える。もちろん車の音は全く聞こえないが、蛍火のように流れていく光の夜景が、高橋は気に入っている。

　一瞬、この夜景を倫子に見せたら喜ぶだろうかと思った。

「沖縄は、もう寒いんでしょうね」

「いや、まだまだ、だよ。窓を開けていられるよ」

「えっ、そうだったかしら。もう十二月ですよ、先生」

「十二月でも、まだまだ、沖縄は暖かいよ。今年は特に暖冬だ」

「わあ、いいなあ、楽しみだなあ。早く帰りたいなあ」

　倫子の口調が、いつの間にか高校時代のようになっている。何だか懐かしくて、高橋もつい浮かれた気分になっていた。

　高橋も倫子も、なかなか電話が切れなくて、卒業後のクラスの生徒たちの消息を互いに尋ねあっては、感心したり、笑いあったり、涙ぐんだりした。

「ところで、倫子はこの電話番号を知っていたの？」

「あれ、先生が教えてくれたんですよ。金沢で……」

「ええ、そうだったかな」

「もう、先生は……。何かあったら、電話をしなさいって、先生がおっしゃったのよ。夜、どんな遅くでもいいよって」

「あれ、そうだったか、ごめん、ごめん」

「もう、先生は……。まさか、あの日のこと忘れてないでしょうね」

「忘れてないさ」

「本当でしょうね？」

「本当だよ。金沢でも言っただろうが、私の……」

「私の？」

「特別な生徒だって」

「今でも？」

「もちろん、今でもさ。会えるの楽しみにしているよ」

「よし、上出来！」

高橋は、倫子と声を合わせて笑った。

こんな、たわいもないことで笑いあった倫子の高校時代が、つい数年前までは、何日も何日も続いていたのだ。

「先生、また電話するね」

「うん……。私の携帯の電話番号は、メモしたかな？」

「はい、大丈夫です。有り難うございます。先生も携帯を持つようになったんですね」

「そりゃそうだよ。私も日々成長しているんだよ。でも、生徒たちには不携帯だって、いつも笑われているけれどね」

「もう、先生は」

再び、倫子の明るい笑い声が聞こえてくる。

高橋は、机上に手を伸ばし、淹れていたばかりのコーヒーカップを摑み直した。

「先生……、電話して、よかった。有り難うございます……。それではお会いしたときに、いろいろお話しします。よろしくお願いします」

「うん、あまり深刻になるなよ」

「はい、有り難うございます。それでは……」

「うん、じゃあね、頑張れよ」

「はい、先生も、お元気で」

倫子は、いつの間にか弾んだ声になって電話を切っていた。

高橋も久し振りに華やかな気分になった。受話器を置いた後も、コーヒーを飲みながら、再び倫子の高校時代の笑顔を思い浮かべて、一人で微笑んだ。

2

倫子が、卒業式後の花道を抜け出して、高橋に抱きついてきたときは意外だった。倫子は卒業式の最中にも毅然としていたし、常日頃から冷静な振る舞いが目についた生徒だった。

そんな倫子が、感情を表に出して、周囲の目を気にすることなく目を真っ赤にして、高橋の胸に飛び込んで来たのである。高橋には考えられないことだった。倫子の胸の膨らみや、激しい息遣いがじかに伝わってきて、高橋は面喰らった。

卒業式後、高橋は、気の合う仲間が集まって行われた小さな慰労会の席上で、三年担任としてのスピーチを求められたとき、思わず倫子の行動を話し出していた。

「……ということで、今日は教師冥利に尽きる卒業式でした。こういう思いをすることができるなら、来年度も三学年の担任を希望したいと思います」

冗談が飛び出すほどのスピーチだった。みんなも拍手をしながら、しばらくは高橋を冷やかし続けた。

「あんなに冷静で聡明な倫子が、みんなの前でお前に抱きつくなんて考えられないよ。嘘だろう」

「倫子よりも、お前の方が強く抱きしめたのだろう」

「自分の方から、一歩も二歩も前進して抱きついていたりして」

ビールと、少しばかりのつまみに気分を良くしていた仲間たちの、遠慮のない冷やかしも、高橋には、むしろ心地よかった。

その翌年、本当に三年担任を連続してやることになったのは予想外だったが、あのときも、そして今も、倫子はやはり特別な思いを抱き続けてきた子だ。

高校時代の倫子は、仲間の教師たちが口を揃えていうように、やはり聡明な子だった。控えめであったが、協調性に富み、だれとでも仲良くしていた。明るい子で、笑うときは、これが倫子かと思われるほど大声で笑った。授業中の真剣な眼差しを見ると、聡明な子によく見かけられるように、倫子も気持ちの切り替えが上手なんだろうと漠然と思っていた。

五月の三者面談では母親がやって来た。「生活環境調査票」には、父親の名前が書いてあったが、倫子が小学生のころから、父親とは別居生活が続いており、母一人、子一人で生活してきたという。詳細を詮索することは避けた。

母親は、どちらかというと寡黙であった。面談の席上では、倫子がいつもより饒舌であった。そして、妙に男っぽい口調で受け答えたのにも意外な感じがした。担任をして一月ほどが経過したばかりであったが、この子の有している世界は、とても振幅が広いのかもしれない。そう思いながら倫子の話を聞いた。初めて接する倫子の一面であった。

「先生、私はね、進学は県外の大学と決めているの。それも遠いところ。それでいいんだよね、母さん」

「ええ、まあ……」

「教師になりたいんだ。それも数学の教師。小学校のころからの憧れなの。ねえ、母さん」

「ええ、まあ……。本当に、それで、いいんだろうねえ」

母親は、やはり寂しそうな表情だったが、異議を唱えることはなかった。進路の決定は倫子に任せているということだった。

母親は保険会社へ勤めていて、セールスの仕事をしていたはずだが、それにしては割と地味な服装で、地味な言葉遣いだったことを覚えている。小さな笑みを浮かべているだけで、意見も言わなかったし、倫子に対する不満も言わなかった。

「倫子さんが県外の大学へ進学すると、お母さんは少し寂しくなりますねえ。それでも構いませんか?」

「ええ、そうですねえ……」

高橋は誘導するように話を挟んだが、母親はあまり多くは語らなかった。高橋は自分で言葉を言い継いだ。

「若いころは、だれでも一度は県外へ出てみたいって考えるようですが……。実際、ぼくも、そうだった」

「あれ、先生、本当？」

倫子が、身を乗り出して尋ねてきた。余計なことを言ったかなと思ったが、倫子の前では話してもいいような気がした。

「本当だよ。ぼくの高校卒業時の第一希望は金沢大学医学部だったんだ。結局は力がなくて、諦めたんだけどね」

「そうなの、先生……」

「金沢には思い入れがあったんだ。犀川とか、兼六園とか、室生犀星とか、能登半島とか……。行ってみたいところがたくさんあってね……。結局、地元の琉球大学へ入学したんだが、その後、リュックを担いで、金沢の地を訪ねたことがあるんだ。今でも懐かしいよ」

「へえ、そうなんだ……」

倫子が感心し、一瞬考え込むような素振りを見せた。後日、金沢大学へ進学したいと倫子が言ったときは驚いた。また、羨ましいとも思った。あるいは、これが若さかもしれないと思った。

「先生の思い出の地の大学に受験するよ。いろいろ調べたけれど、調べれば調べるほどに魅力が増してくる。行きたくなったよ」

「待てよ、お前が進学するのは金沢の街ではなくて、金沢の大学だよ。大丈夫か」

「大丈夫、分かってるよ、先生」

それから、数か月後、倫子は見事に金沢大学へ合格した。

倫子が大学進学後も、また卒業後も、時々年賀状のやりとりが続いていた。

高橋は、倫子が金沢大学に在学していたころ、京都で開催された教育研究大会が終わった後、一度だけ倫子が住む金沢を訪ねたことがある。金沢で宿泊をし、一緒に金沢の町を散策した。北陸本線特急スーパー雷鳥88号……。倫子と金沢の駅で別れることができなくて、京都まで一緒にその電車に乗ったのだ。そんな特別の思い出を有している教え子が倫子だった……。

3

「『野ブタをプロデュース』したり『蹴りたい背中』っていうのが、この沖縄の状況を変え得ると思うか？　文学は社会を変え得るか？」

「……」

「結局、文学ってのは、役に立たないのではないかなあ」

「いや、それでは短絡過ぎるよ。視野が狭すぎる。何かに役立つために文学をやるのではないのだから……。そういう視点を捨て去ることが、ぼくらが学んできた学習会の成果ではないか」

「それは、そうだが……。最近の若い人たちの作品には、違和感を覚えざるを得ないよ」

「若い人たちの心理を理解することはできるさ。心理は、やがては国の文化を作る。それに作品中の比喩表現も新鮮だよ」

「うーん、好みの問題かもしれないな」

「その好みが、社会全体の好みに置き換えられているところに、現代という時代の危うさを感じるんだよなあ。文学だけでなく……」

「何か、意図的な作為が働いているとか」

「そのとおり……」

「この国全体の意志として?」

「そのとおり。真実は常に事実の前では隠蔽されるんだ」

「なんだか、物騒な話になってきたなあ……」

高橋の読書サークル仲間は、みんなで七人だ。もう十年ほど続いている。文学作品を読んだり、一人で読めない難解な思想書や哲学書を読んだり、また沖縄や教育現場の現状に愚痴をこぼしたりするオジサンたちの集まりだ。

高橋が十年ほど前、H高校に赴任したときから始まった。進学校としての学校のあり方や教育の方法、さらには沖縄の現状に危機感を有していた者が互いに備えている嗅覚で嗅ぎつけて、親しい友人たちへも声を掛けあって集まったのがこの集団だ。

仲間には、美術教師もおれば社会科の教師もいる。学校で教えている者もおれば、塾で教えている者もいる。始めのころは、なんとなく集まって、政治や現状に不満をこぼすだけだったが、次第にテーマを決めて論議をするようになり、やがては曜日を決め、テキストを決めて読むようになった。

皆が集まるのは月に二回程度で気楽なものだが、この十年間に、やはり、いくつもの変化があった。結婚した者もおれば、子どものできた者もいる。教育の現場から行政へ移った者もおれば研究機関へ移った者もいる。また地元の文学賞に応募して入選した者もいる。職場は最初のころと違い、多くは散り散りになったが、反骨精神だけは、いつまでも旺盛だ。

最近では、七人全員が一緒に集まることは稀《まれ》になった。それでも今日は全員が集まった。仲間の前川《まえかわ》が、季節労務者として関西に出掛けるということで、激励会の名目だ。

前川とは、H高校で知り合ったが、今はH高校を辞めて地元の小さな印刷会社で働いている。しかし、今度はそこも辞めて関西地区へ一年ほど季節労務者として働きに出たいというのだ。

皆は突然のことで驚いた。前川はサークルのリーダー的存在である。仲間の集まる場所も、前川のアパートだ。独身の前川は、壁いっぱいの書棚に押しつぶされそうな空間に住んでいる。なんだか、学生時代を彷彿させる空間だ。高橋たちも、この空間は居心地が良くて、互いに「アジト」と呼び合って集まっていた。

前川の激励会とはいえ、季節労務者としての県外への脱出は、皆を滅入らせ憂鬱にさせるには十分だった。話題は前川のことより、文学のこと、沖縄のことなどへ、あえて向かっていたと言った方がいい。前川はH高校の非常勤講師であったが常勤の講師と意見が合わずにぶつかった。卒業生の進路で激しく対立したというのだ。

四十歳を過ぎて出稼ぎに行く前川のことを考えると言葉が重かった。皆、文学や哲学のことを論じることに才覚はあっても生活者としての力量も要領も乏しかった。その最たる者が前川であったが、結局だれ一人として前川の再就職口を世話することはできなかった。皆それぞれが鬱屈した思いを有しながらビールを飲み、好き勝手な話題を互いに振り合っては話し続けていた。

実は高橋も、前川の書棚を見ながら、文学って役に立つのかなあと思い始めていた。前川は文学の知識がだれよりも豊富で、ヨーロッパの思想や哲学にも造詣が深い。高橋たちの質問に答えられないことは一度もなかった。そんな前川の知識が、生きる糧にはならないのが悔しかった。

あえて言えば、前川の年齢が中年にさしかかったこと以外に、働くことのハンディは何もないはずだ。前川はパソコンの技術も一流である。それだけに地元の印刷会社に雇われたのだが、小さな印刷会社は不況で倒産した。

前川は、H高校では美術の非常勤講師として採用されていたが、H高校を辞めた前川の見通しが甘かったのかもしれない。しかし、必然性はあったのだ。前川の正義感や倫理観から生まれてくるその必然性に、みんな理解を示したのだが、不満や怒りだけでは生活できなかった……。

「高橋の、さっきの話……、やはり高橋は真剣に考えるべきだな」

「えっ？　何の話？」

「倫子の話さ」

「ああ、その話か……」

「その話かじゃないよ。倫子は結婚の相談をしに帰って来ると言ったのだろう？」

「それは、そうだが……」

「鈍いなあ、お前は。倫子は、お前と結婚したいのじゃないか？」

「まさか……」

「お前と倫子の卒業式での抱擁事件は噂になったからなあ。俺も、覚えているよ」

「倫子とは、卒業後も連絡は取り合っているんだろう？」

「お前が離婚して、今は独身だということを、倫子は知っているのだろう？」

「それは……」

「倫子が、お前に結婚の相談をするのは、お前の思いを確かめるためだよ。倫子は聡明な子だからなあ。それぐらいのことは……」

「そうだね、それぐらいのことは考えるね」

いつの間にか、消えた倫子の話題が再燃した。

高橋と倫子のことは、H高校で教鞭を執ったことのある当時の仲間たちには、ほとんど知れ渡っている。それほどに倫子は目立っていたし優秀な子だった。そして、高橋は、やはり仲間たちにも、卒業式当日の倫子との抱擁のことを話したはずだ。仲間たちは、それを覚えていて、高橋を冷やかしたのだ。

高橋は、前川の話題に触れることの息苦しさから、とっさに思いついて倫子のことを話したのだが、話したことを少し後悔した。

「倫子は本当に困っていて、単純に相談したいというだけだよ」

「本当かなあ、倫子も、もういい歳ごろだろう。お前に迫ってくるかもよ。先生、私で、どう、って……」

「そんなことないって」

「嫌いでは、ないんだろう」

「……」

「好きなんだろう」

「そりゃ……、でも、教師として」

「嘘だろう」

「自分から誘惑したりして」

「奥さんと別れて、もう何年になるの？　そろそろ人肌が恋しくなるころだろう」

「話を元へ戻そうよ。……前川が関西へ行っている間、この部屋はどうするの？　借り続けるのか？」

「そうだなあ、どうしようか」

「ぼくは、やはり、この部屋は確保しておきたいなあ」

「そうだなあ、戻ることが確実であればそうした方がいいかもなあ」

「俺としては、そうして貰えば助かるよ」

　前川が遠慮がちに意見を述べた。その意見をきっかけに、仲間たちは互いにその方策を述べ合った。高橋は、やっと倫子のことから解放された。

倫子のことを、好きかと問われて、返事を曖昧にしたが、数年前、金沢で倫子と再会した懐かしい思い出が、しばらくは風鈴の音のように高橋の脳裏で爽やかに鳴り続けていた。もちろん、このことは、仲間のだれも知らないことだ。

4

高橋が倫子と再会したのは、今から六年前の八月一日、金沢のヒルトンホテルのロビーだ。京都での二泊の全国高等学校国語教育研究会があり、その足で、大学時代からの憧れの地である金沢を再度訪ねることにした。一度目は地元の大学に入学後、リュックを担いでの一人旅だった。もちろん今回は、倫子が金沢大学にいることも、高橋の決意を促した。

倫子は当時、たしか大学の三年生だった。手紙などのやりとりは、入学後から続いていたので住所は知っていた。電話をすると喜んで金沢の街を案内すると言った。

高橋は、金沢に夕刻に到着した。駅近くのヒルトンホテルにチェックインをし、その晩に倫子とホテルのロビーで待ち合わせ、彼女のお薦めのレストランで夕食をした。

卒業後の三年振りに再会する倫子は、高校時代と違い髪を長く伸ばしていた。化粧は全くしていないのに何となく初々しい女性らしさを醸し出していた。はにかんだように顎を引き、下から見上げるように話す倫子の仕種は高校時代そのままだが、表情は美しく、言動や素振りが大人びて見えた。面長の顔に、意志の強そうな長い眉毛が、倫子の顔をいっそう知的に見せた。もちろん、話し出すと、高校時代の素顔のままの彼女がすぐに現れた。やや男っぽい物言いで快活に笑った。そして、意外と話題も途切れることなく、楽しい時間があっという間に過ぎていった。

京都での研究会の一日目は午前午後とも目いっぱいの日程だったが、二日目は午前中で終了した。二日目の午後に、高橋は京都から金沢へ移動した。一日の延泊になるが、三日目の午前中は資料収集の名目で近代文学館を訪ね、午後からは兼六園などの観光名所地を案内してもらう予定だった。それ以外は倫子に任せた。倫子は、高橋が述べた希望を取り入れながら、順路を組み合わせてくれた。

高橋は、金沢市内の観光が終われば、その日に大阪に戻り、関西空港から二十時発の最終便で沖縄に帰ることにした。逆算して、金沢駅からは十四時十五分発の雷鳥26号に乗ることにした。そうすれば新大阪駅には十七時〇二分に到着する。そこから関西空港までJRを利用して約一時間、関西空港には遅く見積もっても十八時までには到着するはずだ。

倫子は、前日と同じようにヒルトンホテルのロビーまで迎えに来てくれた。そして、まず犀川の畔にある室生犀星の文学碑から案内してくれた。桜橋に立ち、雄大な犀川をゆっくりと眺めた。それから兼六園を訪ね、金沢城、そして近代文学館、時間があれば長町の武家屋敷を訪ねようということだった。

「先生に案内したい所がたくさんあり過ぎて困るよ。野町の九谷焼も見せたいし、東山にも、卯辰山公園にも行きたいよ」

「有り難う、また、次の機会にね」

「次って、いつ？」

「分からない」

「ほらね、次の機会なんてないんだから」

倫子は昨晩と違って身軽なジーンズ姿で現れた。言葉遣いも緊張感がとれて男っぽくなっていた。高橋はそんな倫子の姿に、何度も卒業式に抱きついてきた倫子の姿をダブらせた。

「先生、私、変わった？」

兼六園を歩き始めて、松や桜、楓などの樹を示し終えると、急に倫子は高橋を向いて尋ねた。

「そうだね、少し変わったかな。綺麗になったよ」

「あら先生、お世辞が上手だったんだね。高校時代には気づかなかったけれど……」

「いや、お世辞なんかじゃないよ。本当だよ」

「そんなこと、しゃあしゃあと言ったら、オジサンだよ」

「もう、すっかりオジサンになったよ」

「そんなことないけどね、先生、若いよ」

「お世辞だね」

「ああ、ばれたか」

倫子は高校時代よりも少し明るくなったように思った。何かから解放されて素直に笑っているように思った。なんだか、高校時代は無理に大きな声で笑っているような気がして一瞬驚いたこともあった。今は自然な笑いだ。無理がない。

高橋は素直な感慨を倫子に言ってみたくなった。

「倫子は、高校時代に比べると、少し明るくなったみたいだな」

「あら、そう……、高校時代も十分に明るかったと思うんだけどなあ」

「うん、十分に明るかったさ。けれど、なんだか周りを楽しくさせようとして、無理をしているような明るさだった。そんな気がしていた。今は……」

「今は？」

「今は、違う。周りは関係ない」

「そりゃそうだよ、先生一人しか周りにはいないもんね。先生を無理に笑わせる必要なんか、ないもんね」

「そうだね、だからそう思うのかな」

「先生、鋭いね」

「何が?」

「……ううん、なんでもないよ」

倫子は、一瞬下を向いたが、すぐに正面を向いて、また歩きながら話し続けた。

「人は少しずつ変わらなくちゃね。いつまでも高校生のままでは、いられないもんね」

「そうだね、先生も変わらなくちゃね。だから、こんなふうに京都まで来て研修を受けてるんだろうね」

「先生、意外と真面目なんだね」

「真面目ですよ、先生は、いつでも真面目だよ」

高橋も、倫子もまた声を上げて笑った。

兼六園で、庭園を散歩し終わった後、休憩所で茶を啜りながら、やはり、はにかむような表情で倫子は高橋を見ながら言った。

「先生、私がなぜ金沢大学に進学を決めたか覚えていますか?」

「えーっと、なぜだったかなあ。私の憧れの大学だったことは言ったような気がするけれど……」

「そうです。先生の憧れの大学だったからです」

「えっ、そうだったの？」

「ええ、それだけの理由です」

「そうだったのか……。なんだか申し訳ない」

「申し訳ないことなんかないですよ。先生と一緒に、今、こんな楽しい時間を過ごしているんだから」

「申し訳ない」

「申し訳ないこと、ないって」

倫子が、すねたような声を出して立ち止まった。

高橋も五、六歩、歩き続けたが、やがて同じように立ち止まった。

倫子がすねているのを見て、倫子の元へ引き返して、手をつないで引っ張ってやろうかと思ったが、急に胸の鼓動が高鳴った。脚が動かない。手が伸ばせない。今、手を伸ばしてはいけないのだ。倫子はもう高校生ではない。

高橋が、ためらったまま突っ立っていると、倫子が歩き出して高橋に追いついた。

「先生は、意地悪ですね」

「なんで？」

「……」

「意地悪なんか、してないよ」

「本当?」

「本当だよ」

「じゃあ……」

「じゃあ、何だ?」

「……何でもないわ」

高橋は、一瞬倫子が身を寄せて高橋の腕を摑む気配を感じたが、倫子はすぐに何でもない素振りで高橋の傍らを歩き出した。

兼六園下のレストランで昼食を取り、金沢城を過ぎたころから、倫子は急に寡黙になった。ほとんど話しかけずに、高橋の声に笑みを浮かべて答えるだけになった。別れの時間が刻々と近づいていた。たぶん、そのせいだろうと、高橋は勝手に想像した。やはり郷里を離れて一人で異郷の地で勉学に励むことは、たとえ倫子のような聡明な子にも辛いことなのだ。そんなことを考えると、高橋も、だんだんと口数が少なくなっていった。近代文学館は、ほとんど駆け足で見学して、バスで金沢駅に向かった。

駅に到着して、時刻表を見る。予定どおりだ。金沢発十四時十五分、雷鳥26号に乗ればいい。

金沢から新大阪まで約三時間、料金は七四四〇円。高橋が切符を買っても、倫子はこれまでと違って手伝おうともせず、ただ隣で黙って突っ立ったまま高橋の仕種を眺めていた。

高橋にも、明らかに倫子の変化が分かった。倫子の寂しさを考えると切なくなった。倫子は卒業後も金沢で教師になると言ったが、たぶん、高橋はもう金沢に来ることはない。こんな幸せな時間はもてないだろう。神様がプレゼントしてくれたのだ。高橋はそんなふうに考え、潔く別れることにした。

しかし、倫子の仕種を見ていると、倫子にはもっと複雑な思いが渦巻いているのだろうと思った。故郷を離れて見知らぬ町へやって来ての心細さは、高橋の想像を超えているかもしれない。一人での生活は大学生とはいえ、初めてのことだ。ホームシックに掛かることがあるかもしれない。

高橋も高校時代、家族と離れて下宿生活をしたことがある。休日に友人たちが帰省するのを尻目に我慢して下宿屋に残ったことがあったが、家族のことを思い出して泣き出しそうになったこともある。そんな日々が思い出された。

「さあ、お別れだね。いろいろと有り難う」

高橋は、あえて倫子に別れを告げ、背中を向けて駅の構内へ入った。すると倫子も、いつの間にか構内に入ってきていた。直立の姿勢で何も言わないままで高橋の傍らに立ち続けた。

雷鳥26号は金沢を始発にする電車だった。既に構内で待機している。高橋は再度、別れの言葉を告げたが、倫子の仕種を見ると、倫子を置いて電車に乗ることに、なかなか踏ん切りがつかなかった。刻一刻と出発の時間は近づいている。

「さあ、いよいよお別れだね。頑張るんだよ」

「……」

「楽しい二日間だった。有り難う」

「……」

倫子は、高橋の言葉に何も答えなかった。

高橋もあえて倫子の表情を見ないようにした。あと、一分。高橋は足下に置いた荷物に手を掛け、持ち上げて倫子を見た。倫子の目に涙が溢れていた。

高橋の抑え抑えていた感情が一気に高ぶった。倫子を抱きしめたいと思った。そうした後で電車に乗ろうと思った。しかし、同時にその感情を必死に抑えている心の動きもあった。高橋は必死に耐えた。何に耐えていたのだろうか。気がつくと思いも掛けない言葉が飛び出していた。

「もう一つ、電車を……遅らそう」

倫子は、高橋を見てうなずいた。電車は二人の目の前から一気に姿を消した。

倫子が高橋の正面に立って抱きついた。倫子の胸の鼓動が伝わってくる。あのときと同じだ。高橋も倫子の背中に手を回した。長くなった黒い髪を優しく撫でた。あのときと同じように時間が止まっていた。

しばらくして、倫子は高橋を見上げながら言った。

「先生、ごめんね」

「いいんだよ。大丈夫だ、間に合うさ」

「先生……、私も一緒に行きたい」

「ええっ？」

「京都で降りるから、京都まで一緒に行ってもいい？　大阪までだと、また見送ることができなくなるから……。ね、先生、いいでしょう？　先生が、京都で私を見送って」

倫子は、そんなことを必死に考えていたのだ。倫子の無邪気さが愛らしかった。

「うん、いいよ。さあ、それじゃ切符を買い直しに行こうか」

倫子は、高橋の言葉に、はしゃぐようにして高橋の腕を取った。

乗り換えた電車は、特急スーパー雷鳥88号。金沢発十四時五十八分、大阪着十七時三十九分。関西空港二十時の飛行機に乗るまでには十分に余裕がある。

高橋と倫子は腕を組み目配せをしながら切符を買った。

5

雷鳥28号は金沢を始発にしたが、特急スーパー雷鳥88号は、富山、高岡を経由し、金沢に三分間停車するだけだった。駅員に尋ねると、京都着は十七時十二分。金沢から京都までの二時間十四分、高橋にも倫子にも、特急スーパー雷鳥88号での時間は永遠に忘れられない至福の時間になった。

金沢駅を出発すると、小松、福井など幾つかの駅に停車する以外は、ほとんどノンストップで一気に京都まで突っ走った。

「最初に乗る予定だった十四時十四分発の雷鳥28号が金沢駅を始発にしていなければ、あるいは倫子とも、躊躇うことなく、さよならが言えたかもしれないな……」

高橋は、傍らに座った倫子の横顔を眺めながら、運命のいたずらに少し感謝した。何か、映画のワンシーンを、高揚した思いで見ているような気分だった。もちろん、演じているのも自分だという、奇妙な高揚感だ。

高橋は、もちろんどこかで倫子への高揚する思いを必死に抑えつけてもいた。高橋の傍らに微笑んで座り、右手を握り肩に頭を寄せてきた倫子の黒い艶やかな髪から甘い香りが漂ってきた。手を伸ばせば倫子の髪を再び撫でてやることができる。あるいは、今なら唇を奪うこともできるかもしれない。見知らぬ町の駅で下車して肌を合わせることだってできるかもしれない。ほんの少しの躊躇いを捨てればよいのだ。高橋の脳裏に倫子と過ごす甘美な時間の妄想が渦巻いた。

しかし、高橋はそんな衝動を必死に抑えた。膨らんでくる妄想を必死に打ち消した。倫子は成人したとはいえ、かつての自分の教え子だ。金沢駅で抱きしめた際にも、男、女としてではなく、どこかで、わが娘のような存在として見ていたと思いたかった。一人だけ残していく娘の寂しさに耐えられなかったのだ。あるいは、そのように考えることが、高橋が身につけた教師としての倫理観だった。

倫子は、車内のシートに座ると、高橋の傍らで少女のように、はしゃいだ。窓外の景色を、身を乗り出すように眺めては、高橋に指さして大げさに驚いた。やがて、笑みを浮かべたままで少女のように無防備で目を閉じた。そう思っていると、いつの間にか目を開けて高橋の肩に凭れて心地よい命の鼓動を高橋に伝えてきた。何もかも高校生のままだと思った。

北陸本線の沿線風景は、未知の国の風景のように思われた。高橋にも、鮮やかに瞼に焼き付けられた。窮屈な姿勢を取り続けながらも、たぶん二度とやってこない時間に、高橋も虜になった。そして、倫子の幸せそうな横顔を眺め続けた。

二日間ではあったが、倫子と過ごした時間は、やはり高橋の人生の中でも得難い新鮮な時間であった。随分と倫子のことを知らなかったことに驚き、恥じ入った。学級担任であっても、家庭の事情には深く立ち入らないようにしていたのだが、さりげなく話す倫子の身の上話は辛いことが多かった。それだけに倫子の寂しさに無頓着でいられなくなっていたのだろう。倫子は高橋の肩に凭れながら、さらにぽつりぽつりと生い立ちを語った。

「私の両親はね、先生……、私が生まれると、すぐに離婚したの。考えられないよねえ。子どもが生まれると、普通は離婚を諦めるはずなのに、その逆なのよ。でもね、両親は別居生活に入ったというだけで、戸籍上は今日までも結婚した形になっているのよ。不思議だよねえ。これも考えられないことだよね……。私には理解できなかった。理解できなかったんだけど、大人の人の愛の形は複雑なんだねって、自分に言い聞かせたんだ。だから、私は男の人の優しさを知らない」

「……」

「小学生のころは、大人の男の人が恐くって、中学生のころは大人の男の人が嫌いになった。でも、高校生のころは先生が大好きになった」

「おいおい……」

「先生がお医者さんになりなさいって勧めてくれたけれど、私、人間が嫌いだから……。たぶん、やっていけないと思った。でも……、人を好きになることって素敵なことだって分かったよ。先生……、今分かったんだよ」

倫子が微笑みながら高橋の腕を強く摑んだ。

「そうだよ、倫子には楽しいことはこれからいっぱいあるさ」

高橋は勇気づけるように倫子を見て話した。倫子が笑みを浮かべてうなずいた。

「でも……」

「でも、なあに」

高橋は窮屈になった倫子との話題に、少し話を変えて質問した。

「どうして別れたんだろうねえ、お父さんとお母さんは……」

「さあ、そこが私にも分からないのよ。何があったか、私には全く話してくれないんだから。大人の世界は複雑だね、先生。父さんは、離婚した後、私が小学校の入学の時も、中学校の入学の時も、高校の入学の時も、母さんには内緒で、隠れて私の姿を見ていたのよ。信じられない……」

「高校卒業の時もか？」

「そう、高校の卒業の時も、バッチシ、来ていたわ」

「……」

「私が先生に抱きついたのもバッチシ、見ていたわ」

高橋の脳裏に、校庭の片隅で盗み見ている父親の姿が浮かんだ。そうすると、なんだか私は倫子に利用されていただけなのか。そんな気がしたが、さすがにこのことは聞けなかった。高橋の心に急激に冷めていくものが流れ出していた。倫子は、たぶんこのことには気づかずに話し続けた。

「母さんは、父さんと別れたがっているようにも見えたんだけど、実際はどうだかよく分からない。私は、母さんと叔父さんに育てられたのよ。でも、叔父さんとは一緒に暮らしたくなかった……」

そう言ったところで、倫子の目から溢れるような涙がこぼれた。

「もういいよ。辛い話は……、無理をして話すこともないさ」

「うん、そうだね。叔父さんからも家からも、みんなから遠くに来たかったんだ……」

「先生には、つい甘えてしまうんだなあ。なんでかなあ。無防備になってしまう。それが先生の優しさかな」

「ヤバイヨ、それ。先生も男だよ」

「うん、そうだよね」

倫子はそう言って、高橋が飲んでいるビールを奪って口を付けた。

「マジ、ヤバイかも」

倫子は顔をしかめ、肩を竦めるようにしてビールを飲んだ。そして高橋の首に手を回して抱きつき声を立てて笑った。

高橋は無邪気な倫子の笑顔を見ながら、込み上げてくる熱い思いに必死に耐えた。生きていくには理由なんか必要ないかもしれない。でも人を愛することには理由が必要なんだ。そんな思いを引き寄せて、倫子の無邪気さに必死に耐えた。

6

「もしもし、高橋か?」

夜明け前の携帯が鳴った。不吉な胸騒ぎがして、急いで枕元に置いている携帯を取った。読書仲間の前川からだ。

「具志堅《ぐしけん》が交通事故に遭ったらしい。危ないかも……」

「ええっ、危ないかもって、どういうこと?」

高橋は一気に眠気が覚めた。具志堅は同じ読書仲間で、中部の町に住んでいる。社会科の教師で倫理科目を得意分野としている。

高橋たちは、哲学や思想については、前川や具志堅がいるおかげで随分と勉強になっている。前川や具志堅は、その分野の専門だ。だが、具志堅は前川と違って妻帯者で、小さな子どもも二人いる。無茶はしないはずだ。どういうことだろう……。

「深夜にオートバイに乗って、一人でツーリングをしていたらしいんだが……、乗用車とぶつかったようだ。跳ね飛ばされて重傷だそうだ。県立中部病院の救急室らしい。奥さんから、先ほど俺のところに電話があった。かなり気が動転している……」

何で深夜にツーリングなんかしたんだろう……。具志堅は夜風に吹かれて頭を冷やしたいとでも思ったのだろうか。時々、眠れぬ夜は起き出してオートバイに乗ることがあるとは言っていたが……。

「他のみんなには、知らせたのか?」

「いや、これからだ。最初にお前のところからと……」

「分かった、すぐそっちへ行く。連絡がつく者だけでも集まって、一緒に病院へ行こう。その方がいいだろう……」

「うん、迷っていたので電話したのだが、そうしようか。じゃ、お前が来るまでの間、俺はみんなに連絡をとっておく」

「うん、そうしてくれ」

高橋は、受話器を置くと、すぐに着替えを始めた。前川は高橋と同じ首里に住んでいる。乗用車を持っていないので高橋が迎えに行くことにする。やはり一刻も早く病院へ駆けつけた方がいいだろう。

具志堅の両親や兄弟が来ていればいいのだが、奥さん一人だけでは心細いだろう。子どもを抱えて不安げにしている姿が目に浮かんだ。

具志堅に二人目の子どもが誕生したとき、仲間の皆が招待されて祝ったことがある。奥さんの幸せそうな笑みが目に浮かぶ。まさか死ぬのでは……。乗用車に乗り込むと、高橋の脳裏に大きな不安が一気に重く押し寄せてきた。

前川の家に着くと、仲間の比嘉と上原には連絡が取れて一緒に行くということだった。待ち合わせて、高橋たちがピックアップし、皆で乗り合わせて県立の中部病院へ向かった。

具志堅は応急処置が済んだ後で、ベッドの上で昏睡状態にあった。腕にはリンゲルが打たれ、口と鼻には酸素マスクが被せられていた。さまざまなチューブが身体から傍らの医療器具へ接続されている。痛々しかった。心音図もベッドの傍らで動いていた。

奥さんや具志堅の兄らが駆けつけていた。具志堅の見間違えるような姿に、不吉な予感を抑えながら近くに立つ具志堅の兄に症状を確認した。医者の説明では命に別状はないという。みんなは胸を撫で下ろした。

具志堅の兄たちは駆けつけてくれた高橋たちに盛んに礼を述べたが、高橋たちは恐縮した。一応の事情を掌握すると、皆で目配せをして病院を後にした。三か月程の入院生活になるだろうとのことだった。学校への連絡や手続きは高橋たちができる限りのことはすると約束して、呆然としている奥さんへ励ましの言葉を掛けて病院を後にした。

「しかし、何が起こるか分からないもんだなあ」

「人生、一寸先は、本当に闇だね」

「それだから、みんな後悔のない人生を送りたいんだよね」

「内臓の損傷も軽度で、腕の骨折も大したことないというから驚いたねえ」

「医者は、奇跡的だと言っていたらしいよ」

「しかし、なんでこんな遅くに、具志堅はオートバイを持ち出してツーリングなんかするんだろう。奥さんも子どももいるのに……。それも一人でさ。面白いことなんか何にもないはずなのにな」

「それが、具志堅らしいところだよ」

「まったく、もう……」

「いずれにしろ、命が助かってよかったよ」

帰りの乗用車の中では、様々な憶測や意見が、仲間内で交わされた。確かに、明日、何が起こるか分からないのが人生だ。いや、この瞬間にも、様々な変化を経ながら、それぞれの人生の時間は流れているのだろう。大きな変化もあれば、目に見えないほどの小さな変化もある。その変化に耳を傾けなければ聞き逃すこともあるはずだ。

高橋は別れた女房の彩子のことを思い出した。あれは小さな変化が積み重なったのだろうか。それとも予想だにしなかった大きな波が一気に押し寄せたのだろうか。高橋も彩子も激流に飲み込まれた。その結果それぞれが違う岸辺に打ち寄せられたのだ。違う岸辺だけなら訪ねればいいだけのことだが、それだけでは、済まなかったのだ……。

「ぼくが、前の学校で勤めていたときのことだがねえ。生徒が三階から転落したことがあってねえ……」

「えっ？」

上原の言葉に、皆は思わず息を飲んだ。

「いや、一寸先は闇だなって話だけどさ。終了式の大清掃の日に、窓ガラスを拭くためにベランダに出た生徒がいたんだが、足を踏み外して落ちたんだよ」

「で、どうなったんだ？」

「救急車もやって来たんだけれど、植え込みの上に落ちたので命は助かった。植え込みがクッションになったんだ。内出血もあったようだが、脇腹の擦過傷と顔に切り傷ができた」

「女の子？」

「そう、真面目な女子高生。真面目なだけに清掃も一生懸命やったんだな。その子が退院してきて、教室に座っているのを見る度に、心が痛んだもんだよ。顔の傷が残っていてねえ、辛かった……」

「俺のいた学校ではさ、生徒がプールで溺れたことがあったよ。それがさ、あいつら、数人で放課後のプールに忍び込んで、だれが長く潜水して遠くまで泳げるかという競争をやったんだよ。で、そのうちの一人が我慢し過ぎて、そのまま上がってこなかったというわけだよ。笑うに笑えないよなあ」

読書会の仲間たちは、みんな教職に就いていたことがあるから、だれもが子どもたちの行動に、度肝を抜かれたり、驚かされたりした経験が一つか二つはあるのだろう。

高橋にも、前の職場での辛い思い出がある。部活動の指導に熱心だった同僚が、誤って生徒の脊髄を損傷してしまったのだ。レスリングの練習相手を買って出たのだが、組み手の指導で熱が入り過ぎたものだった。生徒は退院後も車椅子の生活を余儀なくされた。生徒も気の毒だったが、悲観した同僚を見るのも辛かった。慰める言葉を失った。

その学校には七年間、勤務したが、一年生のころ担任をしていた教え子が、卒業後にやはり交通事故に遭い命を落としたこともあった。スピードの出し過ぎで、カーブを曲がり損ねた。

告別式に参加したが、母親の泣き崩れる姿を見るのは辛かった。

考えてみると、身近なところで、生死を分かつ紙一重の出来事が様々に起こっていた。それに気づかないだけなのだ。気づくことが必ずしもいいことではないかもしれないが、高橋は生きることの切なさと不透明な人生に、しばらくは呆然とした。

7

女房の彩子と出会ったのは、最初の職場だ。本島北部のM高校だった。大学を卒業した翌年に、高橋はその学校に赴任したのだが、同じ年に、本土の大学を卒業し、同じように新任教諭として赴任してきたのが彩子だった。

彩子は、生物の教師だったが、その年のM高校の新任教諭は、高橋と彩子の他に、英語の女教師と体育の男性教師の四人だった。四人は新任教師の研修会や歓迎会等、多くの集会で同席することが多かった。高橋はどちらかというと、快活な英語教師よりも、控えめな彩子に共感することが多かった。ある種の予感があって、その年の暮れには、高橋の方から結婚を申し込んだ。同じころに他の二人の新任教師も結婚を決めていて、うまく選び分けたと、長いこと職場で話題になり冷やかされた。

高橋のプロポーズに、彩子も迷うことなく返事をしてくれた。休日には連れだって北部の野山や海岸沿いを散策した。彩子は生物が専門なだけあって、植物の名前や小さな昆虫たちの名前まで、高橋が尋ねると即座に答えてくれた。名前だけでなく、その生物の特性まで教えてくれた。専門分野であると言えばそれまでだが、高橋は彩子の専門的な知識にいつも驚かされた。幸せな日々が続いていた。

結婚式をあげ、三年ほど北部の学校で一緒に過ごした後、二人一緒に本島中部の学校へ転勤になった。彩子は初めての子どもを身ごもっていた。生まれた子には青子と名付けた。彩子の意見を取り入れたものだ。

「海の青、空の青の、青子よ。私のように、小さく彩子で終わるよりも、世界に羽ばたくほどの度量で、大きく明るく、晴れやかに育って欲しいわ」

「思いやりのある優しい子に育てば、それでいいよ」

「だめだめ、私の我が儘を許してね。次に男の子が生まれたら、今度は、あなたが名前を考えてもいいわ」

次の子が生まれる前に、高橋と彩子は離婚したのだ。そのときは、もちろん、このような運命が待っているとは夢にも思わなかった。

彩子は、生まれたばかりの青子の頰を撫でながら幸せの笑みを顔いっぱいに浮かべていた。

そして、青子と名付けた理由を何度も繰り返した。もちろん、高橋も青子という名前は気に入っていた。

子どもを産んだ彩子は、さらに魅力的な女性へと変身した。彩子に対する不満は何一つなかった。青子も、彩子の願いどおり、明るく晴れやかに育っていた。高橋にとって、何もかもが順調でうまくいくと思っていた。

突然、大学時代の友人のU子から電話が掛かってきたのは、そんな最中だった。中部の学校へ移ってきてから、三年ほどが経っていただろうか。

「お元気ですか、お久し振りです……。私も沖縄へ帰って来たのよ。どう、時間を作って、久し振りに会いませんか」

思いがけない電話だった。U子は大学時代に高橋が心を寄せた女性だ。しかし、結局は、高橋の方から身を引いた女性だ。確か卒業と同時に大手企業に勤める年上のエリート社員と結婚して、本土へ渡っていったはずだ。

U子は学生のころ、いつも華やいだ雰囲気を醸し出していた。男子学生だけでなく、学生以外の数人の男性ともつきあっているとの噂が絶えなかった。同じ学科の先輩だったが、それほどに美しく魅力的な女性だった。

U子は高橋よりも二つ年上であったが、高橋は長く憧れ続けた末に思い切って映画に誘った。

しかし、先約があると体よく断られた。そんな苦い思い出もある。

高橋は断られた日を境に、U子を再び誘うことはなかったが、いつも遠くから見て憧れ続けた先輩であることに間違いなかった。

「学生のころは楽しかったわねえ、いろいろと夢があったし……。でも、あっという間に過ぎ去った」

高橋は、まだU子は十分に若いと思った。そして、その美しさは、まだまだ十分に際だっていた。その魅力に心を高ぶらせながら、高橋は、U子の卒業後の日々や、夫と別れた事情や不満を漏らす言葉に耳を傾けた。

しかし、U子との甘い日々は長くは続かなかった。何回目かのデートのときに、女房と鉢合わせた。喫茶店にU子と一緒にいるところを職場のグループと一緒に入ってきた彩子に気づかれたのだ。もちろん、高橋が最初に気づいたのだが、その時はもう遅かった。どこにも逃げ場がなかった。

その晩、自宅で問いつめられて、高橋は思わずU子に好意を持っていることを告げた。彩子に尋ねられる度に、高橋はどんどんと逃げられない場所に自分を追い込んでいったような気がする。しかし、そのことに気づいた時には、もう手遅れだった。戻れない言葉を発していた。

彩子は潔く離婚を決意した。高橋の予想だにしない展開が他人事のように進んでいたが、もう元には戻れなかった。自分が幸せな生活を続けるには彩子を不幸にする決意が必要な気がした。その不幸を彩子と一緒に担っていく決意ができなかった。もう少し話し合えばなんとかなるのではとも思ったが、過去は消せなかった。青子は四歳になっていた。彩子が引き取った。結婚六年、別れてから、今年でさらに七年が過ぎていた。

8

「先生……、帰って来ました。ご無沙汰しています……」

倫子の声だった。懐かしい声だ。

「お帰りなさい。本当に久し振り」

「ええ、有り難うございます。お久し振りです」

「元気そうで、よかった」

「ええ、元気です……。先生、早速ですが、明日、お伺いしても、よろしいでしょうか」

「うん、いいよ。そうだねえ、首里坂下のNホテルを知っているね、そこのフロント階の喫茶コーナーで待ち合わせよう。いいかな?」

「ええ、大丈夫です。よろしくお願いします」

倫子の声は、しっかりとして落ち着いている。先日のような切羽詰まった声ではない。倫子と待ち合わせの時間を相談すると高橋は携帯を畳んだ。

本当に倫子と会うのは、五、六年振りのことだ。どのように過ごしてきたのだろうか。少し気になった。高橋が金沢から戻って来たころは、ちょうど彩子との離婚話が出たころで慌ただしく精神的に不安定な状態が続いていた。心身を支えていたのは教師という仕事に就いていたからかもしれない。いつの間にか倫子は急に遠い存在になっていた。

特急スーパー雷鳥88号では、あれほど身近に感じられた存在だが、なんだかその日のことさえ今では幻のように思われる。ときとして、倫子と一緒に、スーパー雷鳥88号に乗ったことさえも信じられないような気がする。もちろん、思い出が、そのように時間の中で摩耗していくことはとても寂しいことだ。

「お元気でしたか……」

久し振りに会う倫子は、やはりもう学生時代の倫子ではなかった。礼儀正しさは変わらなかったが、知的な笑みや言葉遣い、そして立ち居振る舞いからは幼さが払拭されていた。金沢で会ったころに長く伸ばしていた髪を短く切っていることが、新鮮な印象を与えているのかもしれない。高橋は思わず尋ねていた。

「倫子さんは、もう、いくつになったんですか？」

「先生、いきなり歳から聞くんですか」

「いや失礼、大きくなったなと思って……」

「大きくなった？」

「いや、成長したなと思って」

「そりゃ、少しずつ成長していきますよ」

「そうだね……」

二人は笑みを浮かべ顔を見合わせて笑った。

「でも、先生は相変わらず変わっていないみたい」

「そうか、もう成長が止まったか」

「どうも失礼しました。相変わらずお若いと思って……」

「有り難う、お世辞もだいぶうまくなったね」

「もう、先生ったら……」

倫子は、笑みを浮かべながら高橋の正面に座り、コーヒーを飲んだ。

倫子は、結婚の相談をしたいと言うことだったが、なかなかその話題を切り出さなかった。

高橋もまた、うまく答えられないだろうという気持ちもあり、無理にその話題を引き出そうとはしなかった。倫子自身で解決済みなら、それでよかった。高橋は久し振りに倫子と会えたことだけでも十分に嬉しかった。

「お母さんや、お父さんは、お元気ですか？」

高橋の言葉に、倫子の表情が少し曇った。

「父は……、数年前に亡くなりました」

「えっ、そうでしたか……、それは知らなかった。ご愁傷さまです」

「いいえ、気になさらないでください、私もそのときは……」

「お母さんは？」

「ええ、あんなに父を憎んでいたのに、父が亡くなってからは、気弱になったようで、掛かってくる電話は、早く帰って来なさいばかり……」

「寂しいんだよ、きっと……、でも叔父さんが一緒だったよね」

しまったと思った。言った後で禁句だったと思った。倫子の表情が険しくなった。

倫子は高橋の質問に答えずに、すぐに視線を落として黙り続けた。やがてハンカチを取り出して目に滲んだ涙を拭いた。

高橋は、どういうことなのか、少し混乱した。倫子の涙の意味が理解できなかった。倫子の心の中でどのような悲しみが渦巻いているのだろうか。想像できない歳月の空白が恨めしかった。やがて顔を上げた倫子の目には、いまだ涙が残っていて、赤く腫れていた。こんな倫子は見たことがなかった。

「すみません、先生……」

倫子は、小さくつぶやくと、再び涙を拭き取った。

「実は、今日、先生にご相談したかったことは、叔父のこととも関係があるのです……」

倫子は、ハンカチを握りしめて意を決したように高橋を見つめ直した。それから、話し始めた倫子の相談事は、高橋の予想を上回るものだった。

高橋は、結婚にまつわる甘い悩みごとを予想していたが、そうではなかった。倫子は、高橋がかつて見たこともないような歪んだ表情や、奇妙な笑みを浮かべながら話し続けた。辛く、話しづらい体験であることは、すぐに分かった。大人になるとは、こういう悩みを持つことだとは思いたくなかった。聞いている高橋も辛かった。

倫子は、中学生のころ、叔父に強引に身体を求められた悲しい過去から話し出した。それから……、倫子の話は、おおよそ次のように続けられた。

叔父には、高校に入学してからも何度か身体を求められた。嫌で嫌でたまらなかった。しかし、家を抜け出せなかった。理由を母さんに知られるのが怖かった。

大学は、遠くの町でと思い、県外の大学を希望した。必死で金沢まで来た。数か月前、職場の同僚にプロポーズされた。相手の男性には好感を持っている。でも、結婚生活へは自信が持てない。男を受け入れることができない身体になっている。恐い。とても恐い。それに、結婚すると終生沖縄に帰れないかもしれない。母さんを見放すことになるのだろうかと迷っている。叔父は母の弟で、現在東南アジアを旅行中。いつも気ままな生活をしている。いつ帰って来るかは分からない。金沢でプロポーズしてくれた相手の男性への返事は、まだしていない。どうしようか迷っている……。

倫子の相談事はおよそこのようなことであった。高橋は大きく息を吸った。何だかとても辛かった。

「よく……、話を、してくれたね」

「こんな話をするの、先生しか、いません……」

倫子は、再び顔を伏せ涙を拭った。握った両手が小刻みに震えている。

高橋は、テーブルの上から座ったままで手を伸ばして、そっと倫子の肩に手を置いた。そして、自分の意見を整理し素直に話したいと思った。

何が語れるだろうか。高橋も迷った。どこかに利己的な打算はないだろうか。解決方法はあるのだろうか。倫子にも、高橋にも……。

また、倫子は、なぜ長く音信をも不通にしていた高橋に、このことを話したのだろうか。倫子に尋ねたいこともあった。尋ねていけないこともあるかもしれない。

「人を愛することは難しい。でも愛しようと努力することはできるよね」

高橋は息を継いで、続いて言った。

「正しい愛なんて、たぶんないよ。同じように間違った愛もないと思う……」

高橋は悩みながらも、慎重に言葉を選び、ゆっくりと話し始めた。

9

倫子と別れてアパートへ帰る途中、車の中で携帯電話が鳴った。見ると娘の青子からだ。高橋は車を道路脇に止めると、携帯電話を握り、受信ボタンを押した。

「父さん、元気？　青子だよ」

相変わらず、青子の明るい声が飛び込んできた。

高橋は、倫子と深刻な話を数時間も続けて、憂鬱な気分に陥っていただけに、青子の明るい声は嬉しかった。

「ねえねえ、父さん、聞いてよ。私さ、キャプテンになったんだよ」

「キャプテン？」

「バスケ部のキャプテン」

「ええ、本当、すごいなあ」

「まあね。もう小学校の上級生だからね」

青子は、本当に素直な子に育ったと思う。妻の彩子にも感謝しなければならない。彩子が言ったとおり、青い空、青い海の青子に育っている。それも優しい青子だ。ひいき目かなと思って独りでに苦笑が出た。

倫子のことが、頭をもたげてきた。倫子と同じ状況に、青子も今、置かれているのかなと思うと、少し不安になった。青子にも、母一人、子一人の人生が、六年余も続いているのだ。

「母さんは、元気か?」

「うん、元気だよ」

「そりゃ、よかった」

「うん、よかったけどさ。でもね……」

「でもねって、なんだ?」

「でもね、元気すぎて、最近、母さんおかしいんだよ」

「どうしたんだ」

「うん……、あのさ、男ができたんではないかと思うんだ」

「へえ……。そりゃいいことだよ」

「そうだね……」

青子の声が、少し沈みがちになる。

「でも、どうしてそんなことが分かるんだ？」

「だってさ、健康器具なんか買ってきてさ。私、シェイプアップしなけりゃって、鏡なんか見てさ。笑ったりするんだよ。気持ち悪いよ」

「そうか、そうか……。でも、母さんと青子が幸せになることなら、父さん応援するよ」

「いやだよ。私は今の方が幸せだよ。母さんが他の男の人と結婚するの、絶対に嫌だからね」

「そうか……」

高橋は、青子に辛い試練が訪れないようにと、少し感傷的な気分になった。青子にダブって、倫子のことが盛んに思い出される。

「でもね、はっきりとは分からないよ。そのチョウコウがあるだけ。母さん、まだ何も言わないんだから……」

「そうか、兆候か」

「そうだよ、私のカンだよ」

「そうか、女のカンか」

「そう、女のカンだよ。でも……」

「でも、何だ」

「たとえ、母さんが結婚することになっても、私、父さんと同じ高橋の姓は守るよ、捨てないからね。気にいっているんだ」

「そうか、有り難う、青子……」

高橋は、思わず感傷的になった。どうも娘のことになると涙もろい。歳をとったかなとも思う。

「父さん、何、センチな気分になっているんだよ……。それよりかさ、父さんも、ぼんやりしないで、頑張らなきゃ」

「えっ？」

「女の一人も、探せないのかよ」

「そうだね」

「母さんもいるじゃない。母さんも、待ってるかもよ。父さんの誘いを……。もう仲直りしなよ」

「それは、ないよ」

「分からないよ、一度、母さんをデートに誘ってみたら。母さん喜ぶって」

「そうかな」

「そうだよ。母さんさ、時々思い出したように、父さんから電話なかった？　て、聞いたりするんだよ。寂しそうなんだよ。父さん、早くアクション起こさなけりゃ、本当に他の男に取られちゃうよ。私、そんなの嫌いだからね。分かっているよね」

「そうだね……」

高橋は、わが娘の天真爛漫さに、めまいがしそうだった。同時に、そうか、そういう選択肢があったのか。別れた妻と再婚するか。娘はそんなことを考えていたのか。そう思うと、思わず苦笑が出た。

「青子……、それよりか、お前、父さんに何か用事があって、電話したんだろう？」

「そうだ、そうだった。父さん、あのさ、今度の日曜日、暇？」

「暇なことはないけど……。どうして？」

「バスケの試合があるんだ。私、キャプテンになって最初の試合だからさ、張り切っているんだ。父さん、応援に来てよ」

「どこでだ」

「北谷町《ちゃたん》営体育館」

「よし、分かった。行くよ」

「わあ、嬉しいな。本当だよ、約束だよ」

「うん、約束する」

「良かった。母さんも来るんだよ」

一瞬、高橋の脳裏に、青子の幼い魂胆が隠されているのかなと疑ったが、素直に応じることにした。

青子の方から試合の開始時間が告げられて携帯が切れた。

高橋は、道路脇に止めていた乗用車を、再びサイドランプを点滅させて車道に入れた。青子の嬉しげな忍び笑いの後で、倫子の涙声が蘇ってきた。慎重に言葉を選びながら話し続けたとは言え、倫子には突き放すような冷たい意見になったのではないかと少し後悔した。

「自分の人生だ。結局は自分で決める以外にはない」

高橋の言葉に、倫子は盛んにうなずいたが、そんなふうな結論になったはずだ。いや、そんなふうにしか言えなかったような気がする。高橋だって結婚に失敗したのだから。

そんな自分のことも頭をよぎって、つい自分の今を正当化するような言葉も吐いたような気もする。

「過った人生などないよ。判断を誤ることはあるかもしれないが、それが、その人の人生だ。お母さんのことよりも、自分のことを優先して考えるといい。プロポーズをしてくれた男の人が好きなら、一緒に課題を克服するんだ。男の人を受け入れることができないなら、専門のカウンセリングを受けてみるのも選択肢の一つ。頑張るんだ。倫子が選んだ人なら、きっと温かく、すべてを受け入れてくれるよ。大丈夫だよ……」

高橋は、自分に言い聞かせるようにそう言った。言い聞かせながら、倫子の相談の真意は別なところにあるのかな、と仲間たちに冷やかされた言葉を思い出したが、高橋自身、最後までそのような気分にはなれなかった。

高橋は、倫子への思いは、やはり教師としてのもので、その域は越えられないと思った。たぶん古い倫理観だろう。しかし、それが高橋が培った教師としての生き方だと観念した。また、倫子への思いが、数年前に比べると冷めていることにも気づいていた。同時に、高校時代の倫子の才能を思いやると、もっと、もっと羽ばたいて広い世界へ飛んでいって貰いたかった。それは、偽りのない高橋の気持ちだった。高橋は教師である自分を誇りにしている。倫子を含め、多くの教え子たちの前で教師のままで終わりたかった。もちろん、倫子と一緒に新しい家庭を築く選択肢もあったが、その気にはなれなかった。

10

サークル仲間の前川が季節労務へ出発した後、高橋たちは、主のいないアジトへ集まった。久し振りのことでビールも泡盛もつまみまでも持ち込んでの宴会だったが、気勢は上がらなかった。具志堅もまだ退院していなかった。

「しばらくは、読書会も中止だなあ……」

だれかが、寂しそうにつぶやいた。

前川は、約一年間の契約で、琵琶湖近くにある「大和タイル工場」に派遣された。タイルを焼いたり梱包したりの単調な作業のようだが、前川はそれでも実入りがいいと満足して出かけた。一年ほど働いたらまた戻って来るが、戻って来たら仕事の当てがあるわけではない。それだけに、仲間の皆は、なんとなく憂鬱な気分を払拭できないでいた。

アジトは、前川が戻って来るまでみんなで分割して家賃を払い続けることにした。さらに、前川が季節労務へ行っている間、前川の就職口の世話ができないかと、履歴書をコピーして貰っていたが、だれにも当てがある訳ではなかった。

「一年か……、ちょっと長いねえ」

「そんなことないよ。アッという間だよ」

「でも、冬は堪《こた》えるだろうなあ」

「なんだか、切ないねえ」

「うん、切ない」

「オジさんたちには、住みにくい世の中になったのかなあ」

「だれにとっても、住みにくい世の中だよ」

「世の中が変わっていくのに、俺たちが変われないのかなあ」

「愚痴が積もっても、何も動かせないよ」

「口だけは、動かせる」

「ああ、ああ」

「あああ、乾杯だあ」

みんなは、訳もなくはしゃいだり、沈んだり、喚いたりと忙しかった。何かを振り払いたいと思っているのだろう。もちろん、高橋も同じだった。

「今日は、何の会だったっけ」

「主はいないけれど、何度目かの送別会さ」

「いや、自分自身を励ます会かな」

だれかが、つぶやいた。その真意は分からない。しかし、そんな気分が、今の高橋にも、一番ふさわしかった。

高橋は、この会に参加する前に、倫子から届いたばかりの手紙を読んできたばかりだった。

「私、結婚します」という内容だった。それでいいのだと思った。

高橋には、倫子への淡い思いを埋葬する送別会でもあった。倫子には、いよいよ倫子自身が選んだ結婚生活が始まるのだ。

同じように高橋にも、もう一度、リセットした人生が始まるのだ。そんな決意をした自分を励ます会でもあった。始まりの一歩は、かつての妻の彩子を食事に誘うことだ。

倫子からの手紙は、次のように始まっていた……。


先生、お変わりございませんか。金沢は、まだ寒いです。沖縄での数日が、夢のように思われます。先生のことを懐かしく思い出しています。しかし、一人でコタツに入っていると、これが現実なんだと思い知らされます。

先生には、いろいろと面倒なお話に付き合ってくださいまして、有り難うございました。私は、少しばかり夢を見ていたようです。現実を忘れていたのです。いつでも先生のところに逃げられるんだと思っていたのです。特急スーパー雷鳥88号でのことは、私にはあまりにも幸せな出来事だったんです。

あの人にプロポーズされてから、ここ数か月間、雷鳥88号でのことばかり考えていました。私はまだ学生気分のままだったのです。それに、先生に謝らなければなりません。私、一つだけ嘘をついたんです。先生に助けて貰いたかったからです……。


「高橋！　何、ぼけっとしているんだ」

「いや、何でもない。この時期、琵琶湖周辺は寒いだろうなあと思って」

「そうだなあ、まだ寒いだろうなあ」

高橋の目の前に、倫子の黒髪の甘い匂いが蘇ってきた。電車の揺れる音が耳朵に響いてきた。特急スーパー雷鳥88号。倫子と手を重ねた懐かしい思い出が蘇ってきた。

「俺の、特別な教え子だ。きっと幸せになれるさ」

「おい、高橋……」

高橋は、にっこり微笑むと、目の前に注がれた泡盛のグラスを持ち上げた。そして、乾杯をした。もちろん、その乾杯は前川だけに捧げられたものではなかった。

記憶は罪ではない。生きる希望にもなる。そう思いながら、娘の青子の企みにも捧げたものだった。

第二話　レッツ・ゴー・なぎさ

1

「先生、意外と派手なのね」

突然、背後から声がした。恵子《けいこ》は思わず声のする方を振り向いた。が、振り向くよりも先に、羞恥心で顔を火照らしていたはずだ。しまった、と心の中に耳があれば、きっとそんな言葉が聞こえていただろう。

恵子は、デパートの下着売場で下着を選んでいたのだが、いつの間にか、大胆なデザインや色鮮やかな模様を施した下着売場にやって来ていたのである。

恵子は、もうすぐ二十九歳になる。女教師の恵子にはどの下着も刺激的だった。それは、もうパンティと言うよりも不思議な国の衣装のようにも思われた。あるいは男を挑発する小道具のようにも思われた。どんな女性が身に着けるのだろう。そんなふうに考えては、ため息をつき、見据えては戸惑い、戸惑いながらも感心していたのだ。思い切ってその一つに手を伸ばして眺めた瞬間だった。

「先生、それ着けるの?」

教え子の、なぎさだった。一瞬、だれだか分からずに戸惑ったが、すぐに思い出した。四、五年振りになるのだろうか。

なぎさは上半身が剝き出しになったタンクトップのシャツを着て、にこにこと笑っている。白いホットパンツの下からは、はちきれんばかりの健康的な脚がスラリと伸びている。恵子は、まぶしいほどの若さに思わず視線を逸らした。

「先生、それ買うの？」

「まさか……」

恵子は、自分の顔の火照っているのが分かった。つとめて冷静さを装い、手に取ったピンク色のパンティをハンガーにかけ直し、元に戻すと、何事もなかったかのように、なぎさに向かった。

「久し振りだね。元気にしていた？」

なぎさは、それに答えることなく、恵子が戻したパンティに歩み寄って手に取り、目の前で広げ見た。恵子は、なぜだか自分の裸を見られているような気分になり、慌てて視線を逸らして周りを見回した。

「先生……、これ、似合うかもよ」

「違うのよ。最初から買うつもりはなかったの。いろいろあるねって、驚いて見ていただけなのよ」

「なにも照れることないよ、先生、これ買っちゃえば」

「照れてなんかいませんよ」

「顔が赤いよ、先生。自分に素直になるのが一番だよ」

「大人を、からかうものではありません。それよりも、ねえ、なぎさ、何年振りかしら。すっかり……」

「変わってないでしょう。高校生のころと」

そうだった。すっかり変わったね、と言おうとして、恵子は言葉を飲み込んだのだ。あのころと同じように派手派手だ。

「でも、先生が私の名前を覚えていてくれたなんて感激だなあ」

「当たり前でしょ。砂川なぎさの名前を知らない生徒は、もぐりだよ。有名だったんだよ、あんたは」

「どうも。高校時代はいろいろとお世話になりました。有り難うございました」

「あら、やっぱり変わったね」

「何が?」

「大人になっている。立派な挨拶が、できるようになっているよ」

「先生、子どもをからかわないでくださいよ」

「もう、子どもでないでしょう。立派な大人よ」

なぎさは、恵子の言葉に大声で笑った。それから目の前で高いヒールの爪先に重心を乗せると、茶目っ気たっぷりに身体をくるっと一回転させて、もう一度声を上げて笑った。

「ねえ、先生、私さ、歌や踊りを勉強しているんだよ」

「へえ、すごい。夢が叶ったんだ」

「あれ、先生は、私の夢、覚えていたんだね」

「当たり前でしょうが。散々、お父さんやお母さんを困らせていたじゃないの」

「うん、そうだね……、でも、まだ叶ったわけではないけどさ。頑張っているんだ」

なぎさは、楽しそうに目を輝かせながら話し出した。昨年から時々ライブも開いているという。恵子も嬉しくなった。

「エライぞ、なぎさ」

「うん。先生、有り難う。それでね、次のライブが来月末にあるんだけど」

「本当？　行きたいなあ。ね、どこでなの？」

「北谷《ちゃたん》アメリカンヴィレッジ」

「そう、おめでとう、よかったねえ」

「今年二度目のライブで、今回はファーストアルバムの発売をも記念したものなの」

「そう、知らなかったわ。本当におめでとう。是非行くわよ」

「うん、有り難う。パンフレットが出来上がっていたら差し上げるんだけどなあ、まだなんだ……」

「ううん、いいわよ。それよりか、なぎさ、いろいろ話を聞かせてよ。時間、あるんでしょう？一緒にコーヒーでも飲もうか」

「わあ、嬉しい、先生のおごりよね」

「いいわよ。久し振りに会った教え子にコーヒーをおごるぐらいのお金は、いつでも持っていますよ」

「有り難うございます」

なぎさは爪先立てて、またくるっと一回転した。

恵子は、およそ四、五年振りに会うなぎさの若く華やいだ笑顔がまぶしかった。なぎさのクラスを担当したのは、たぶん教師になって三年目の年だったから、今のなぎさぐらいの年齢ではなかっただろうか。なぎさの若さを、あのころの恵子は持ち合わせていただろうか。

恵子は、高校生のころのような初々しさを失わずに生きているなぎさの明るさに興味も湧いてきた。同時に、この派手派手の下着売場を早く離れたかった。あるいは、それだから、なぎさをコーヒーに誘ったのかもしれない。

恵子は、用心深く辺りを見回した後、なぎさを促すように言った。

「さあ、行くわよ」

「先生、派手派手パンティは？」

「いいのよ、買う気はないのだから……。ほら、置いて行くわよ」

恵子は振り返らずに、小さなショルダーバッグを肩に担ぎ直すと前を向いて歩き出した。

2

なぎさから届いたライブの案内状は二枚だった。宣伝文句は、「ニューヨーク仕込みのシンガーソングライター砂川なぎさのファーストアルバム『レッツ・ゴー・なぎさ』の発売を記念した興奮のライブ」と記されていた。

職場の同僚で国語科教師の邦子《くにこ》に声を掛けたら、プラス2になって、多賀子《たかこ》と順子四人で行くことになった。恵子は美術教師だが、多賀子と順子は英語教師だ。

ライブの日には、学校からまっすぐに会場に向かった。予定より三十分も早く六時には到着した。

四人の中で最も若い多賀子がはしゃぎながら言う。

「北谷アメリカンヴィレッジは、私、大好きなのよねえ。なんだか羽目が外せるって感じ。何にもせずに、じいっと道端に座り込んで、通りの人々を眺めているだけでも幸せな気分になれるのよねえ」

「じいっと眺めているだけじゃなくて、今日は目的があるんだからね」

「分かってる、分かってるって」

多賀子の浮かれ気分をからかうように、邦子がたしなめる。

「それにしても、多賀子っていうあんたの名前、いつも思うんだけどさ、ずいぶん欲張りな名前だよね。たくさんの、いいことを持っていますってこと、っていう意味でしょう?」

「違うわ。たくさんのいいことがありますようにって、祈っているのよ」

「そう……。でも、やっぱり贅沢だわ。いいことは一つあれば十分じゃないの?」

「たくさんあるに越したことはないよ」

「目移りするわよ」

「ノー、幸せは倍増するの」

「ほれほれ、二人とも、シャラップ! 始まりますよ」

年上の順子が、邦子と多賀子をたしなめる。四名のうちで順子だけが既婚者だ。それでも、まだ三十歳を一つ過ぎただけだ。子どもも、まだだ。

恵子、多賀子、邦子の三人は、同じ歳ごろで二十代の後半。多賀子が一番年下で二十六歳。そろそろお肌の曲がり角とか、すでに曲がったとか、言いたいことを好き勝手に言い合う仲間だ。

順子が言ったとおり、ライブはなぎささが舞台に現れると、すぐに始まった。ギターが二人に、パーカッションが一人、いずれも男性。なぎささと合わせると四人のステージだ。

なぎささは輝いていた。ブルース系の緩やかな曲もあれば、ジャズやウチナー民謡をアレンジしたような曲もあった。メジャーを目指して頑張っていると言っていたが、夢はすぐにも実現できそうな気がした。

「ねえ、なぎささって、どんな子だったの?」

多賀子が身を乗り出すようにして恵子に尋ねる。四人は丸い小さなテーブルを囲むようにして座っていた。テーブルは丸いものだけでなく、四角いものや長いものまで大小様々である。そのテーブルを囲むようにして、あちらこちらで楽しげな談笑が起こり、身体を揺すりながらステージを楽しんでいた。中には家族連れもあり、会場はアットホームな雰囲気が漂っていた。

多香子は、そんなテーブルの上のスナックをつまみ、ソフトドリンクを飲んだ後、テーブルに肘を突くようにして恵子に尋ねたのである。

「ねえ、ねえ、どんな子だったのよ」

多賀子が再び尋ねてきた。その声は周りの手拍子や楽器の音にかき消されそうだった。

「うん、とっても素敵な子だったよ」

恵子も身を乗り出して答えたが、あるいは恵子の声も、多賀子には聞き取りにくかったかもしれない。

「なぎさって、カッコイイねえって思ってさ……」

多賀子の言葉に、恵子は大きくうなずいた。他にも何か感想を言われたような気がしたが、恵子は聞き直さなかった。

多賀子も観念したように、今度は恵子の返事を催促しなかった。同じように大きくうなずきながら、ステージに向き直ると、周りと同じように手拍子を取り始めた。

パーカッションの演奏者は、身体を小刻みに揺らしながら、楽しそうに指先や掌で巧みに打楽器を叩いている。明らかに黒人系の血を有しており、奇妙な格好をした小太鼓のような数種類の楽器をも、楽しそうに打ち鳴らしている。

ギターの演奏者は、一人はサングラスを掛け、一人は長い髪を後ろで無造作に結んでいる。長い髪には白髪が混じっているようにも思われるが二人とも大男だ。どの男も、なぎさよりは、はるかに年長者に見えた。あるいは恵子たちよりも年上だろう。

なぎさは、どのような経緯でこれらの人々と出会い、チームを組むようになったのか。恵子は興味を覚えたが、慌ててこのようなことに関心を有している自分に驚き、苦笑した。そして、なぜ、このようなことに関心が向くのか、その理由を詮索したが、答えが見いだせずに長く心の奥でわだかまった。

恵子は、そんな思いを振り払うように、なぎさの高校時代のことを思い浮かべた。様々な思い出が蘇ってくる。

「ねえねえ、なぎさって、どんな子だったの？」

多賀子が、曲の合間に再び尋ねてきた。仲間うちでは、一番おしゃべりで好奇心が旺盛だ。

「あれ、言っていなかったかな。素敵な子でね、私の前任校での教え子だって」

「それは聞いたよ。だから、どんなふうに素敵だったの、ってこと」

「うーん、難しいなあ、説明するの。えーと、たとえて言えば……」

「たとえて言えば？」

「うん、京子ちゃんのような生徒だった」

「えっ？」

「ウチのクラスの京子ちゃん」

「京子ちゃんて、問題児じゃん」

「問題児っていうか……、私の手を焼かせる魅力的な女の子」

「何、ネボケてんのよ。京子と言えば、生徒指導部のやっかいにばっかりなっている子でしょう？」

「そう……かな」

「そうだよ」

「そうだね……」

恵子は、自分から言い出したものの、返す言葉に詰まってしまった。

恵子は、今、二年生の担任をしている。恵子のクラスには、先日の職員会議で二週間の出校停止処分を受けた京子がいる。このことはここにいる四人全員が知っている。思わず京子の名前を出してしまったが、やはり京子と、なぎさは違うかもしれない。いや、違うのだ。

多賀子に問いつめられて、思わず名前を挙げたが、恵子は、このことを後悔した。考えれば考える程に二人の違いが鮮明になった。恵子は苛立つように声を上げた。

「やはり、同じではないね」

「えっ？」

「なぎさと京子は、同じでないような気がする」

「なんだか、今日の恵子、可笑《おか》しいよ」

多賀子が、小さく笑い、邦子も振り向いて声を上げて笑う。

ステージでは、なぎさが、コンビを組んでいるギター演奏者やパーカッションの演奏者を紹介している。どうやら彼らはなぎさの専属ではなく、様々なソリストとコンビを組み、バックミュージックを担当しているプロの演奏家のようだ。紹介が終わり、再び曲が流れ出した。恵子はそれを幸いに、話を打ち切り、慌てて前を向いた。

「なぎさのことは、また後でね。時間はいっぱいあるから」

多賀子も邦子も、うなずいてステージに注目した。

恵子は、その場を取り繕った後も、しばらくは、ぼんやりとステージを眺めていた。やはり、なぎさと京子だけでなく、子どもたちはみんな一人一人違うのだ。音楽に関心を示す子もいれば英語に関心を示す子もいる。母親思いの優しい子もいれば、癇癪持ちの怒りっぽい子もいる。人間の存在は多面体でその一つの面だけで判断すべきではないのだ。そしてだれもが多面体の自らの存在から優れた面を一つ以上は取り出すことができるのだ。このことを子どもたちに気づかせてやりたい。それが教師の仕事かもしれない。

隣の順子が、そんな恵子の思いに気づいたかのように、首を何度も大きく縦に振った。

恵子は独り言のようにつぶやいた。

「みんな違うんだ。なぎさは、これでよかったんだ……」

思わず口を出た恵子の言葉に、順子が、恵子を見てさらに大きくうなずいた。

多賀子と邦子は、二人の仕種に気づくことなく、なぎさの歌声を熱心に聞き続けていた。

3

なぎさと出会ったのは、恵子が教職に就いて初めての学級担任をした時だった。今の京子と同じように、なぎさも高校二年生だった。

「先生、それ似合うじゃん」

五月のゴールデンウイークの次の週に行われた遠足でのことだった。恵子が着けたGパンと、ポロシャツを指さしながら、なぎさが近寄ってきた。それが親しく口を利くきっかけになった。

「先生、美術教師のくせにダサイと思っていたけれど、わりとカッコいいじゃん」

なぎさは笑みを浮かべて、肩で風を切り、何名かの級友を従えていた。なぎさたちが、服装のことに特に強い関心を有していることは分かっていた。制服を仕立て直して、生徒指導部に何度か注意されていたからだ。制服だけではない。学校で禁じられているピアスやマニキュアをしたり、眉を剃り、髪を茶色に染めたりすることもあった。これらのことを、教師の目を盗んでやったり、あるいは正々堂々と行ったりした。その中心には、いつもなぎさがいた。

二年生五クラス一緒の遠足の場所は、市街地にある公園だった。平日の授業のある日とは違って、服装も自由で、「高校生らしい服装」というだけの指導だった。

もちろん教師たちもその日は、割と自由にGパンなどを来て参加した。恵子もその日は、久し振りにGパンを着て、レインボーカラーの横縞模様の入ったポロシャツを着た。それを、なぎさに目ざとくチェックされたのだ。

「有り難うねえ、なぎさ。でも、なぎさ、あんたの服装は……」

「大丈夫、大丈夫。先生、気にしない、気にしない」

「気になるわよ、ほんとに、まあ……」

恵子の狼狽に、なぎさはすぐに恵子の傍らを離れたがったが、それを恵子が止めた。

なぎさの服装は、恵子の予想以上に派手だった。膝上までの短い赤いスカートに、かかとの高いサンダルを履き、胸が広く開いた黄色のタンクトップに薄手のシャツを羽織って胸の下で結び、へそは丸見えだった。

「ねえ、それ、遠足の服装でないでしょう。なんとかならないの」

「大丈夫、大丈夫だってば」

「遠足ではなく、その格好じゃ、ビーチパーティーじゃないの……。ほら、ちょっと待って、なぎさ」

「大丈夫、大丈夫だってば。先生のせいでないから」

「待ちなさい。なぎさ！」

なぎさは、恵子の制止を振り切って逃げ出したが、案の定、数日後の学年会で、なぎさの服装のことが取り上げられた。学年会は学年担当の教師だけの会議で、その日は遠足の反省点や学期末の行事のことなどが議題だった。その席でなぎさのグループの服装が話題に上がったのだ。

恵子は、自分の指導の弱さを恥じ、周りの教師に頭を下げた。それから、なぎさの気持ちを知りたいと思い、職員室になぎさを呼んだ。生徒指導部や学年会で注意をされる度に、なぎさを呼び出しては話をした。ウザイ教師と思われていただろう。

しかし、なぎさの行動は変わらなかった。素直にうなずいて恵子の注意を聞いてくれたが改める様子はまったくなかった。学校行事の度に、なぎさの服装や行動が話題になった。そして、その度に、恵子は、注意を聞き入れないなぎさの行動に気分が滅入ってしまい、教師としての自信を失い、むなしい思いを禁じ得なかった。

学級行事として、夏休みにトロピカルビーチで、ビーチパーティーをしたときも、なぎさの悩殺スタイルに唖然となった。大胆なビキニ姿の水着は、もちろん恵子だけでなく、男子生徒もビビらせていた。恵子は学年ではなく、クラスだけの会であったことに不覚にも安堵していた。

そんななぎさだったが、音楽には高校のころから並はずれた才能があり、将来はミュージシャンになる夢を持っていた。軽音楽部に所属し、グループを作って予餞会などのトリをつとめるほどの実力だった。その活躍は徐々に学校外にも広がりつつあった。

「先生、私ね、アメリカに留学したいの。今すぐにでもよ」

こんなふうに言って母親を困らせていたのは、二年生の秋に行われた三者面談のときだ。

「ローリー・フロイドのように歌って踊れるシンガーソングライターになりたいのよ。ブロードウェイの舞台に立つのが私の夢」

恵子は、ローリー・フロイドという歌手をまったく知らなかった。

「先生、娘はこのとおり夢ばかり大きくて、現実的にものごとを考えることができないのです。困っているのです……」

「なんとかなるよ母さん、心配しなくていいよ」

「心配するわよ、高校生にもなって、そんな夢みたいな話ばっかりで……」

「夢みたいな話じゃないよ。行動すれば現実になります」

「それが夢だというのよ。現実は甘くないのよ」

「現実を甘くするのよ、お母さん」

なぎさの甘えるような芝居がかった声に母親が厳しく応じる。

「夢を見る前に、まずやるべきことがあるでしょう」

恵子の前で、なぎさと母親は言い争った。

「ね、先生。母さんはいつもこんななのよ。心配するなって言っているけれど許してくれないのよ。父さんもそうなの……」

母親が応じる。

「当たり前でしょう、アメリカに行くのは高校を卒業してからでも遅くないでしょう」

「約束だよね。高校を卒業したら、本当に行かせてくれるんだよね」

母親は顔を曇らせ、なぎさを見ずに苦笑している。高校生活残りの一年余で、なんとか夢を変えてくれないかという一縷の希望もあるのだろう。

恵子は、積極的に意見を言うことを差し控えたが、なぎさの夢が浮ついたものでなく具体的であることに驚かされた。何を訊いても、間髪を入れずに次々と返事が返ってきた。

「で、なぎさは、アメリカのどこに行きたいの？」

「もちろん、ニューヨークさ。ローリーはそこに住んでいるんだ。ニューヨークには、ミュージシャンの養成学校があって、そこにしばらくは籍を置くつもりよ」

「日本にもあるんじゃないの？」

「先生、ダサイ。ダサイ。ハートだよ、ハート。ソウルだよ、音楽は魂だよ。それに本場モンのリズムと踊りを身につけたいんだ。それには、なんてったってニューヨークさ」

「そうなの？」

「そうだよ。ああ、早く時間が過ぎてくれないかなあ。卒業まで待てないよ。地獄だよ、この日々……」

なぎさは、饒舌だった。しかし、恵子も母親と同じように、卒業してからでも遅くないと諭したように思う。地獄を天国にするのも自分次第だ。冒険よりも堅実な人生を歩めと……。そんな模範的な回答しか示すことができなかったはずだ。

それがよかったかどうかは分からない。だが、なぎさは高校を辞めてアメリカへ行くことは断念してくれた。両親の意見を聞き入れてくれたのだ。

恵子は、なぎさを受け持ったその学年の終わりに、別の学校へ転勤した。卒業後、なぎさが国内の大学へ進学をしなかったことは、風の便りに耳に入った。アメリカへ行ったかどうかは定かでなかった。しかし、なぎさは夢を放さなかったのだ。一年遅れではあったが、アメリカへの留学を果たしたのだった……。

なぎさの声は美しく澄みきっていた。観客を優しく包み込むように歌う伸びのある歌声は魅力的だった。家庭的で和やかな会場の作りには、なぎさの意向も入っているのだろうか。曲と曲との合間に話すウチナーグチと英語を交えたトークは、高校生のころのなぎさではなかった。素朴で温かかった。なぎさは、ワルではなかったのだ。いや高校生のころからなぎさは優しい子だったのかもしれない。

なぎさには強い夢があったのだ。夢の成就のために自分の意志を貫き通したのだ。夢が大きすぎるがゆえに優しさは隠れていたのかもしれない。

京子には、それがないかもしれない。いや、京子だけではない。自分はどうだろうかと思うと自信が持てなかった。私の夢は何だろう。立派な教師になること？　立派な教師とはどんな教師？　と問いかけてみる。なかなか答えが見つからない。見つけた答えも、なんだか覚束ない。その先が描けない。なぎさは具体的に夢を描いていた。ため息が出そうになる。なぎさよりも自分は京子に近いのではないか。恵子はそう思うと、自分だけでなく、京子のことも切なくなってきた。

4

「ああ、ああ……」

多賀子が、肩を落とし、ため息をついた。

「どうしたの？　多賀子」

向かい合って座っている順子が、すぐに反応した。多賀子のため息はそれほどに大きかった。

恵子は一瞬自分のため息かと驚いたほどだ。慌てて多賀子を見る。

多賀子は、何事にも大げさ過ぎる反応をする。長い黒髪をポニーテールのように巻いて、うなじがセクシーラインだと、本人は細い目をさらに細めて言うのだが、仲間うちでは意見の一致をみていない。むしろ流行遅れの髪型だと、邦子などはいつも冷やかしている。

多賀子はため息をついてはいるものの表情は緩んでいる。順子も反応はしたものの、特に心配はしていない。視線はステージのなぎさに向けられたままだ。

中央のテーブルに背中を向けてステージを見ていた邦子も、ちらっと振り返ったが、一瞥しただけで、すぐにステージに目を移した。

多賀子は、ステージから目を逸らし続けたまま、ポテトチップに手を伸ばした。

「どうしたの？　多賀子」

今度は、順子ではなく、恵子が尋ねた。

「あのさ……、羨ましいんだよ」

「何が？」

「なぎさの若さが」

「なーんだ」

恵子は、思わず口走っていた。またいつものとおりの大げさなため息に過ぎないかと思うと、いい加減な返事になったのだが、遅かった。

「なーんだとは、何よ」

　ほら始まったと思った。

「若さこそが人生だよ。若さを失ったら死んだも同然だよ」

「また、大胆なご意見ね」

「私の、今日の実感なの」

「そう……。でも多賀子だって、十分若いんじゃない」

「それ、あんたも若いってこと？」

「それは、うーん、どうだかね……」

「ほらね、悩んでいられるのも、今のうちだけよ。そうでしょう。私たち、もうすぐ三十代に突入よ。三十路《みそじ》だよ。もう時間の問題だよ。ため息も出るわよ。ああ、ここ数年が勝負だね」

「何の勝負？」

「もちろん、男を獲得できるかどうかよ」

「なーんだ」

「なーんだじゃないって。人生の瀬戸際だって」

「オーバーな」

「オーバーじゃないって。男の良し悪しで女の幸せは決まるのよ。結婚が勝負、ねえ、そうでしょう、順子さん？」

「うーん、どうだかね……」

「あれ、順子さんは幸せでないの？」

順子が、強引に話に引き込まれた。順子は一瞬躊躇った後、眼鏡のフレームを摑み直して、照れ笑いを浮かべながら答える。

「私は幸せだと、思うよ」

「幸せです、と断言してくれなきゃ。これから結婚する私たちの勇気づけになるような言葉を賜りたいと思います。順子さん、はい、もう一度どうぞ」

多賀子がおどけて言い直す。

「うーん、結婚って、そんなに単純なものではないような気がするの。山あり、谷ありっていうかな……」

順子の真面目な返答に、今度は多賀子が言葉を失った。黙ってポテトチップに手を伸ばして、パリッと嚙んだ。

恵子は、和明《かずあき》のことを思い出した。同僚の加藤和明にプロポーズされてから二か月になる。恵子は、まだ返事ができないでいる。

和明は、五歳上の社会科教師だ。四年前に離婚をして、一人娘の綾香ちゃんと年老いた姑がいる。綾香ちゃんは奥さんに引き取られたが、病んだ姑が自宅療養をしている。ヘルパーさんが毎日やって来て世話をしているという。姑の世話をすることが離婚の原因になったのかどうかは恵子には分からない。たぶん、そんな単純なことではないと思う。

一度、家に来て母親に会って欲しいと、和明には言われているけれど、自信がない。会えば後戻りができなくなりそうだ。何よりも、自分の和明への愛情が本物かどうか自信がない。プロポーズされて始めて、和明を意識したようなものだ。同じように和明の自分に対する愛情も信じがたかった。

恵子は、たぶん、現時点では、教会の神父さんのリードしてくれる結婚の誓いを復唱することはできないように思う。「あなたは、加藤和明を、一生、夫として尊敬し、病めるときも元気なときも、愛し続けることを誓いますか……」。たぶん、ノーだ。恵子は、この誓いのポジションから遠い距離にいると思う。和明に対して、燃えるような熱い情熱も感じない。一緒に生活をすれば感じるようになるとも思われない。

だから、ノーだと返事すべきなんだろう。でも和明は言った。

「だれだって、結婚生活に自信はないさ。離婚経験のある俺だって、今度はうまくやれるかと問われると、正直なところ返事に窮してしまう。しかし、だからといって、結婚することに尻込みはしたくない。もう一度、結婚生活をやり直してみたい。チャレンジしてみたい。君となら、これからの人生を一緒に歩めそうな気がする。返事は、ゆっくりと考えてからでもいい」

恵子にも、和明の誠実さや優しさは十分に伝わっている。だから迷うのだ。優しさは不変なものだとは思われないし、優しさだけで結婚生活がうまくいくとも思われない。しかし、恵子はもう二十九歳だ。ノー、と言うことを躊躇わせるには十分な年齢だ。

和明は、デートのときも唇を奪うどころか、手さえ握ってくれない。もちろん、恵子は、このことに不満があるわけではない。男女の関係を性的な関係に矮小化しない和明の思いやりだとも思う。

しかし、離婚の原因を尋ねると、熱心に説明してくれるのだが、どこか曖昧で、はぐらかされているようで、うまく恵子には理解できない。不安がどんどん大きくなるのだ。たぶん、このことも、和明のプロポーズをすぐには受け入れることのできない理由の一つだと思う。人を愛するとは見えない部分を見ようとする努力のことをさすようにも思うが、その気力が続かない。

「ねえ、セックスって、とっても大切よね」

「えっ？　何のこと」

いきなりの多賀子の言葉に、恵子は戸惑った。

「幸せな結婚生活の話よ。ねえ、そうでしょう、順子さん？」

「……」

順子は、答えない。代わって恵子がため息をつくように答える。

「多賀子、あんたの頭脳の回路はどうなっているの、いったい……。私たち、一応教師だからね。忘れないでね」

恵子は、一人で考えていた和明のことを、見透かされないために、舞台へ向き直る。和明からプロポーズされたことは多賀子や邦子だけでなく、まだだれにも言ってない。

多賀子は、半分真顔で半分笑いながら冗談めかして言う。

「頭の回路はいつでもスイッチオンです。男のこと、結婚のこと、セックスのこと。一貫性があるじゃない」

「そうかなあ、繋がるのかなあ」

「繋がるさ。繋がらないと不倫になるんだよ」

「好きな人と二人でいるってことは、やっぱりいいもんだよ」

順子が、突然、恵子と、多賀子の会話に割り込んでくる。

多賀子が、待っていましたとばかり、尋ねる。

「ね、何がいいの？　結婚生活って……。好きな人と愛する人とは違うの？」

邦子が、振り向いて一喝する。

「うるさいわね、あんたたち。おしゃべりは外でやってね。周りの迷惑にならないように、良い子のみなさん静かにしましょうね」

まるで授業中の教師口調だ。もっとも正真正銘の教師には違いない。三人は肩をすぼめて顔を見合わせ、シュンとなった。

なぎさの短い口上が終わって、再び演奏が始まった。

恵子は、なぎさに、デパートの下着売り場で声を掛けられたときのことを思い浮かべた。あれはひょっとして、和明とのデートのときを思い浮かべて下着を選んでいたのかもしれない。そんな思いが浮かんできて苦笑が出た。

学級の子どもたちを愛するとか、好きだとかいうことについては、なんだか答えが見つけられそうだ。説明することもできそうな気がする。でも男の人を愛するとか好きになるとかということは説明できそうにもない。子どもたちを愛することと、どこか根本的な違いがあるような気がする。

愛することの意味を、迷いながらでも見つけることができるのだろうか。不可解な自分の行動に、恵子は改めて戸惑っていた。そして、心の中でつぶやいた。

「結婚だけが幸せの尺度じゃないよ。当たり前だよ」

恵子は自分のその言葉にうなずいて再び肩をすぼめた。しかし、その仕種にはだれも気づかなかった。

5

京子が二週間の出校停止処分を受けたのは、飲酒と深夜徘徊が原因だ。居酒屋で、他校の男子生徒や、中学を卒業しても定職に就かずに遊び回っているかつての同級生たちと一緒に酒を飲んでいるところを現行犯で補導された。

「先生、私、だれにも迷惑をかけてないよ。どうして出校停止になるんだか分からない。納得いかないよ」

職員会議で京子の指導方針が決定され、このことを告げたときの京子の言葉だ。

恵子は、一瞬、戸惑ったが、自分を鼓舞するように言った。

「迷惑を掛けなくとも、社会にはルールというものがあるでしょう。学校にも決まりというものがあるの。それを守ることができるか、できないかということは、将来、この社会で生きていく上で、とても大切なことなのよ」

恵子の言葉は、あるいは京子の心には届かなかったかもしれない。

「今が楽しければいいじゃん。将来のことなんか、だれにも分からないよ。先生、そうでしょう？　先生には分かるの？　私の将来のこと」

京子は、皮肉っぽい笑みを浮かべながら返事をしたのだ。京子だけでなく、多くの生徒たちが、そのように思っているような気がする。

もちろん、恵子には京子の将来のことなど分かるはずがない。自分の将来だって分からないのだから。でも教師は、それでも子どもたちに誠実に向きあわなければいけない。誠実に向きあうことが教師の誇りのような気がする。

「うーん、難しい質問だね」

恵子は腕を組んで頭を傾げる。

「先生、それでよく先生やっていけるね」

京子が皮肉な笑みを浮かべる。

恵子の勤めている学校は、どこにでもある平均的なレベルの普通高校だ。各学年五クラスで、規模も平均的である。そんな学校の多くの生徒が、そのように考えているのかと思うと気が滅入る。恵子たち教師の仕事は、子どもたちに夢を与え、将来に希望を抱かせ、その希望を実現させることにある。でも、教師が思うように、志を高く掲げ、努力する生徒は少ない。

「先生、気張らなくていいよ。なんとかなるよ、この世の中。私たち、落ち着くところに落ち着くって。私のこと、真面目に考えてくれて有り難うね」

恵子は、逆に、京子から励まされ、慰められる。

恵子は、このような言葉を京子からだけでなく、多くの子どもたちから掛けられてきたような気がする。違和感を覚え、歯ぎしりしながら反論するが、子どもたちの態度はいっこうに改められない。理屈っぽい子どもは、京子だけではない。

「先生は、遅刻するなって言うけれど、無理して身体壊したら元も子もないじゃん。遅刻って、どうして悪いのか、私たち、よく分からないよ。先生も三百六十五日、働き詰めじゃ身がもたないよ。私たち、要領よくやるからさ。先生、心配しないでいいよ。心配すると、はやくオバサン先生になるよ」

教師は、みんな、こうやって生徒たちに同情されて、オバサン先生やオジサン先生になっていくのだろうか。

京子は、母一人子一人の母子家庭の子だ。拗ねた態度は、高一の担任から申し送りのあったことだが、やはり変わってはくれない。二年生になっても、何度か無断外泊をしているようだ。

手強い子どもたちを預かったと思う。時間が掛かるかもしれないが、恵子のほうも、もう一度論理的な再武装が必要だ。もちろん、逃げ出すわけにはいかない。いや、逃げ出したくはない。逃げ出すことは、それこそ愛することをやめることだ。

恵子は、それでも子どもたちが大好きなことに変わりはない。子どもたちには、いいところもいっぱいあるし、見ていると微笑ましくなる。それだから教師の仕事を選んだのだ。多くのことを子どもたちから学んでいる。京子の拗ねた口調が蘇る。

「エッチって、悪いことじゃないもん」

恵子は、一人で京子の口調を真似て口をすぼめてみた。そして、思い切り微笑んだ。もちろん、その微笑みには周りのだれも気づかなかった。またその声も、なぎさのライブの声にかき消されて、だれの耳にも届かなかった。

恵子はなぎさのステージに目を凝らす。なぎさの活躍が嬉しくてたまらない。一曲終わる度に大きな拍手が湧いていた。

6

なぎさは、堂々としていた。歌もトークも、少しも臆するところがない。高校時代のイメージは少しだけ修正されたが、ほとんどは当時のままだ。当時から自分の意見をもち、生き方を有していた。そして、時々は恵子をからかうほどの人なつっこさと、明るい笑顔を持っていた。

なぎさのステージを見てつくづく思うことだが、生きるとは夢を持つことなんだ。それが叶えられなくてもその努力に意味がある。神様はちゃーんと見てくれているんだ。自分自身を信じることはとても勇気の要ることだけど、なぎさにはそれができたんだ。

また、なぎさは周りの級友に対する親分肌の思いやりもあり、それが今日のステージで遺憾なく発揮されていた。ウチナーグチと英語を交えたトークは、どこか和やかな気分にさせ、温かみを感じさせた。それは、きっとなぎさの成長した部分だ。

「ウチナーは島全体がファミリーさね、イチャタルチョーデー（みんな兄弟）さ。だから、みんなが私を応援してくれるんだろうねって思うわけさ。島を出ると、こんなことを強く感じるのよ。とっても嬉しいさ。ハッピイさ。だから頑張れるのよ」

なぎさは、微笑みながらみんなに語りかける。素朴で素直な感想が自然に口をついて出ている。どんな思想よりも素晴らしい生き方を示してくれていると思った。

なぎさは一息つくと振り返って、ステージの後ろに立てていた三線を手に取り肩に掛けた。

「私はこの島に生まれ、この島の風とティダ（太陽）に育てられました。ニューヨークにいると、この島のすべてに感謝したい気持ちになりました。おじいやおばあの顔、友達の顔が次々と浮かんできました。次の曲は、そんな私の感謝の気持ちを歌にしたものです。タイトルは『アカバナー（赤い花）』です。では、聞いて下さい」

耳に馴染んだ三線のゆったりとした音色が会場に響き渡った。その音色は、なぎさの指先から弾き出されていた。やがて、なぎさの口からは、三線の音と重なって沖縄への思いがゆっくりと歌われた。

ワッター島の風チュラサ　海を撫でて山を撫でる　町を撫でて村を撫でる
豊かな恵み　豊かな祈り　島に咲く花アカバナー
今日も優しく匂っている
ワッター島の肝チュラサ　おじいの心おばあの心　お母の心お父の心
みんなの思い　平和の祈り　島に咲く花アカバナー
今日も優しく笑っている
……

ステージで演奏されるすべての曲が、なぎさの作詞作曲したものだという。このことに改めて感心した。高校時代には気づかなかったもう一つの才能だ。

恵子は、なぎさの姿を見ながら、自分が教師としての子どもたちと関われる時間は、ほんの一部でしかないことを、改めて痛感した。子どもたちの成長期の、ほんの一時期であり、一日のうちのわずかな時間だけでしかないのだ。謙虚でなければならないと思う。

教室で出会う子どもたちが、どのように成長していくか。高校時代や、あるいは中学時代の短い時間を切り取っただけでは予測しがたいのだ。多くの尺度を有して子どもたちに向き合うことが、今さらながら大切なことのように思われる。

一人の人間の有している人生の軌跡の複雑さに、奇妙な感動を覚えた。同時に、一人の人間が有している膨大な時間の中で、教師はいくばくのことができるのか。無力感や虚しさも沸き起こってくる。しかし、子どもたちにとって大切な成長期の一時期に、共に日々を過ごすことができる教師の仕事は、やはりやりがいのある仕事に違いない。

恵子は、なぎさのステージを見ながら、教師の仕事について、あれやこれやと問いかけている自分に気づいて苦笑した。教師という仕事に就いたばかりだけれども、その仕事に寂しさと誇らしさを同時に感じていた。そして、どんな子どもに対しても、教師は不遜であってはいけないのだと、あらためて肝に銘じた。

それにしても……、と恵子は思う。自分の人生はどうなんだろう。なぎさのように、夢を追い、夢を捕まえる努力を続けてきたのだろうか。自分の夢は、なんだったのだろうか。高校時代の自分は、どんなふうに教師に映っていたのだろう。なんだか苦笑だけが沸いてきて、つい口元が緩んだ。

今、恵子はH高校の美術教師だ。教師になりたくて美術を専攻したのか。それとも、絵を描くのが好きで美術を専攻したのか。答えは曖昧だ。近い過去のことなのに、遠い過去のようにも思われる。

恵子は高校時代の図書館でレンブラントの画集を開いたときの衝撃をゆっくりと思い出した。特に「アレクサンダー大王」の肖像画には、自分の有していたアレクサンダー大王へのイメージが壊された。若きアレクサンダー大王の横顔は、憂いを帯びた瞳で恵子にたくさんのことを語りかけてきた。たとえば、アレクサンダー大王は絶大な権力を有した暴君ではなくて、未知なるものに心惹かれた優しい勇者ではなかったかと。そんなことを考えさせる力が絵にはたくさんあるのではないかと……。

元々、絵を描くことが好きで、絵具の匂いが好きだった恵子は、美術を専攻することにした。そんな絵を自分も描いてみたいと。レンブラントの絵に魅せられて、進路を決めたようなものだった。少なくとも、そのきっかけにはなった。

もちろん、両親は反対した。恵子自身も絵を描いて生活ができるほどに自分に才能があるとは思っていなかった。恵子は、東京の美術大学へ行くことは諦め、両親と折り合うような形で地元の国立大学教育学部の美術専攻課程へ進学した。

「この人のことを、もっとよく知りたいのです」

恵子は高校時代、図書館から借り受けたレンブラントの画集を持って、学校の美術教師のもとを訪ねたことがある。画集を開き、「暗い絵」を示し、詰め寄るように問いただしたときの若い教師の戸惑った表情を思い出す。レンブラントは、調べれば調べるほど未知で魅力的だったのだ。

恵子は、大学入学後も、ずーっとレンブラントの肖像画のように、人間の内面を描きたいと思い続けていた。県内外の幾つかの公募展にも応募したが、佳作どまりだった。恵子は、画家として自立したいというひそかに抱いていた夢が、次第にしぼんでいくのを感じた。両親が言っていたとおり、自分には才能がないと思った。芸術の世界で生きる困難さを、大学に入学してから否応なく知らされた。

妥協をしたのは、いつごろからだったか。もちろん、地元の大学を選んだのもその一つだったかもしれない。中途半端な形であったが、美術史を専攻したころから、実作者としてよりも美術教師としての道を意識するようになっていたと思う。

「ほら、ほら、恵子、何、ぼけっとしているのよ。なぎさがこっちを向いて手を振っているわよ。ほら、恵子」

恵子は、慌ててステージを見上げてなぎさに手を振った。

「ほんとに、もう、恵子は……。休憩時間になったのにも気づかないんだから」

なぎさが、ステージの奥へ消えていく。恵子は思わず苦笑した。

「しかし、素晴らしいステージだわね」

邦子が振り向いて恵子に言う。

「なぎさは自分の夢を諦めずに、しっかりと追い続けたんだね」

「現実と妥協しなかったんだね」

多賀子たちの言葉に、恵子は再び苦笑する。

「何、一人で、にやにや笑っているのよ、恵子は……。気持ち悪い……」

「いいえねえ、私たちの生活は、なぎさと違って妥協の連続だねって、思ったもんだから」

「そんなことないわよ、そんなことないから、三人ともまだ独身でいるんじゃないの」

「あっ、そうか……」

「あら、それでは、私は妥協して結婚したとでもいうの?」

「それは……、そうかもね」

順子の抗議に、多賀子が慌てて言い繕った。その仕種にみんなが、どっと声を上げて笑った。

7

休憩時間は十五分あった。その間、順子がトイレに出掛けた以外は、だれも席を離れなかった。丸い小さなテーブルを囲んでの恵子たちの話は、いつも以上に盛り上がった。

もちろん多くはなぎさのことであったが、それと同じぐらいに自分たちの現在のことにも話の矛先は向けられた。みんなも、恵子と同じように、なぎさの生き方に触発されて、自分の生き方を見直しているようであった。

「私ねえ、子どもたちに、うまく清掃させられないのよ。どんなに当番表を工夫しても駄目。根負けしてしまう」

やはり話題の多くは、学校でのこと、子どもたちとのことに戻ってしまう。

多賀子の言葉に、すぐに邦子が反応した。

「あら、子どもたちに清掃させることができたら、教師として一人前よ」

多賀子は、顔をしかめながらうなずき、なおも話し続ける。

「点検表を作るのは、高校生にもなってどうかなと思ったんだけどね、点検表を作ってチェックして、脅迫もしているんだけど、我、関せずという子が多いのよ」

「そうだね……」

「私……、子どもたちとの付き合いが本質的に下手なのよね。おだてたり、怒ったり、すかしたりするの、面倒くさいのよね。教師、失格かもね」

多賀子の言葉に、順子が意見を言う。

「そんなことないよ。教師は、おだてたり、すかしたりするだけではないんだから……」

「そりゃそうだよね」

順子の励ましに、多賀子が声を上げて笑う。

しかし、多賀子は苦笑を浮かべた後で、また話し続ける。

「私ね、生徒だけでなく、男の人と話をするのも苦手なのよ。特に同年輩の男の人って、そばに寄っててくるだけでもイヤ。毛が逆立ってくる」

「あれ、多賀子はさっき結婚願望の話をしていたんじゃないの。あんたの頭って、本当にどうなっているの。何を考えているのか分からない。チョー不気味……」

「ごめん、ごめん、そんなに気味悪く思わないでよ。いえねえ、先日、坂口先生に絡まれてねえ。パチンコの話を一時間もされたのよ。頭にキチャッタ。こっちは教材研究があるというのに、お構いなしに話し込むのよ」

「坂口先生って、あのオヤジギャグの坂口先生？」

「そう」

「なーんだ」

「なーんだとは、何よ」

「そんな個人的な話なのか。もっと深刻な話かと思って、心配したよ、損しちゃった」

「深刻な話だよ。おかげで、次の授業はシミュレーションなしで行ったんだから。冷や汗かいたよ」

「男はみんなそうだよ。私なんかサッカー部の顧問の池谷先生に捕まって、Ｊ１の何とかチームの特徴を二時間近くも聞かされたことあるよ。それ以来、池谷先生は大嫌いになっちゃった」

「あれあれ、二人とも、簡単に男の人を嫌いになったら、ますます結婚が遠ざかるわよ」

「いいわよ、遠ざかっても。ねえ、恵子？」

恵子は、向けられた話題に、少し言葉を詰まらせる。それには、お構いなしに、多賀子が、さらに邦子に問いただす。

「そう言えば、邦子、あんた、斉藤先生と付き合っているっていうじゃない。それ、本当なの？」

「えっ、ええ」

「マジ？」

順子が聞き返す。

「それは、その……、言い寄られているのは事実よ。ヤラセロ、ヤラセロってうるさいのよね、あの若猿」

「それ、教師の言う言葉じゃないよ」

「ごめん」

「でも、斉藤先生って、そんなこと言うの？」

「言いはしないけどさ。乙女の嗅覚で分かるのよ」

「どこ、どこに、乙女がいるの」

「目の前にいるじゃん」

「おっと、目が曇っているのかな」

「もう、多賀子ったら……」

「男の人って、あのことばかり考えているのじゃないかしら」

「斉藤先生の頭の中は、邦子の裸でいっぱいてことね」

「うわーっ、やばい」

「ほれほれ、今日は、もっと上品な話をしましょうよ。アカデミックな話を」

「その世界から、離れるために、ここへ来たんじゃない。今日は、無礼講よ」

「そうだよね」

「そうだよ、今日は、思い切り、別世界で……」

「やはり、遊べないかもね」

「学校の話ばかり」

「教師の顔がじゃまするね」

「えっ、こんなにハメ外しているのに」

「エロイ話で盛り上がっても」

「なんだか、辛い稼業だわ、教師って」

みんなは一斉に声を上げて笑った。それから、互いの笑い声の大きさに一斉に驚いて、腰を屈めて周りを見回した。幸い、だれも恵子たちのテーブルを振り向く者はいなかった。

みんなは顔を見合わせ、人差し指を唇の前に持っていき、「しーっ」と小さく声を出し、それから姿勢を立て直した。

8

恵子は、再び同僚の和明のことを思い浮かべた。もちろん、和明からプロポーズされていることは、まだだれにも話していない。

「あんたたち、このままでは本当に結婚できないかもよ」

既婚者の順子に冷やかされても、恵子はやはり和明のことは言い出せなかった。和明のプロポーズを受け、結婚生活に一歩を踏み出すには、恵子にとって自信のないことがあまりにも多すぎた。和明を将来の伴侶として選び、信頼し続けて、これから後の人生を生きていくことは、現実のこととして考えづらかった。

それに、なぎさや京子のことを考えると、正直なところ、子育てに自信が持てなかった。今でこそ、なぎさは自らの人生を切り開き輝いて見えるが、高校時代のなぎさにはどう向き合っていいか分からなかった。

たぶん、自分の娘がそのように育ったら、恵子は我を失ってしまうに違いない。なぎさを許し、京子を立ち直らせる方策と心の余裕は、恵子には持てそうもない。そう思うと、なぎさの両親も、京子の母親も強いと思う。その強さを恵子は持てそうもなかった。

京子の家を訪ねたのは、出校停止の指導が言い渡されてから、三日後のことだ。言い渡しには、校長室で、母親と担任が同席して行われたので、母親と会うのは初めてではなかった。校長の訓示を恵子と一緒に、母親は神妙に聞いていた。

京子は、母一人、子一人の家族構成だが、恵子が家を訪ねた時、京子は約束を破り家にはいなかった。母親が玄関のドアを開け、応接室まで迎え入れて対応してくれた。住宅は、二人で住むにはもったいないほどに大きく、門構えも立派な家だった。

母親は、恵子が感心して家の豪華さを誉めると、すぐに言葉を投げ返してきた。

「この家を維持していくのは大変なことなのよ、先生。ローンも残っているしね、だから、私も働かざるを得ないのよ」

母親の言葉は、どことなくぶっきらぼうの感じもするが、明るく、生き生きとした返事だった。

「夜の勤めも、楽じゃないのよ、先生……。あの人は、あの人って京子の父ちゃんのことだけどね、京子の父ちゃんはこの家を建ててすぐに行方不明になってしまったの。この家を処分しようかとも考えたんだけど、あの人が帰って来るまで、ここを離れずに頑張ろうと思ってね。三、四年前から働き始めたんだけど、忙しくて忙しくて……。手が回らずに掃除もしてないんだけど、ごめんなさいね」

「いえ、どうぞお構いなく……」

恵子は、そう言いながらも、やはり気になっていた。建物の豪華さとは違い、室内は汚れが目立った。ソファや床も、何週間も掃除をしたことがないのではないかと思われるほどに埃が目立った。

京子の父親は、京子と母親を残して七年前に失踪したという。もっとも母親の説明では、失踪ではなくて、失踪した会社の部下を捜しに出掛けて、いまだ戻って来ないだけだと言うのだ。父親は某土建会社の経理部長の要職にあったが、部下が会社の金を横領して逃げたので、その部下を探し続けているというのだ。

それにしても七年は長すぎる。また七年の間に、家族や会社に何の連絡もないというのも尋常ではない。母親の言葉には嘘があり、なんだか隠しごとがあるような気もしたが、恵子は詮索することを止めた。母親の言葉をうなずきながら聞き続けた。

「京子は、せっかちだからねえ、父ちゃんを待てないのよ。父ちゃんの性格が京子に移ったんだね」

「えっ、どういうことですか……」

「だから、ゆっくり構えて、父ちゃんを待って勉強すればいいのに、私がいない時間など、友達を呼び込んで遊んでばかりいるのよ。私も忙しいもんだから、ついほったらかしてしまって……。子どもを信用しすぎたのかねえ。高校生にもなると、言うことを聞かないんで本当に困るわ」

　恵子には、なかなか理解しがたい母親の言葉だったが、「父ちゃんを待てない」という言葉が、強く心に突き刺さった。

「いろいろと、父ちゃんのことを悪く言う人がいるんだけどね。父ちゃんもグルで、一緒に会社の金を持ち逃げしたんじゃないかってね。でも、私は気にしないことにしているの。父ちゃんは責任感の強い人だったからねえ。私や京子を決して捨てたわけじゃないのよ。京子には、それが分からないのよ。先生の方からも教えてあげてよ。ね、お願いよ」

「そうですねえ……」

　恵子は、曖昧な返事しかできなかった。応接間の飾り棚の上に置いてある写真がまぶしい。京子が小学校に入学したときの写真であろう。家族三人が寄り添って笑みを浮かべて写っている。

「私は、この夜の仕事が気に入っているのよ。楽しいしねえ。いつまでも、めそめそしていられないからねえ。京子が、まともになったら、結構、これで私の人生、よかったと思うよ」

母親は実に屈託がない。四十歳も半ばを過ぎているとは思うが、明るく前向きに生きている。

京子には、どうしてこの母親の明るさがないのだろう。

「でもね、やっぱり寂しいことは寂しいのよ、だからね……」

だから何ですかと、恵子には聞き返せなかった。いや、京子の母親の前で、恵子は言葉を失っていたのだ。

母親の明るさは、あるいは強がりかもしれない。本音ではないところからくる芝居かもしれない。言葉を発したとしても、母親の胸には、きっと届かないだろう。恵子の言葉は、どんな言葉でもこの母親の前では軽すぎるように思われた。

それでも尋ねなければならなかった。京子を理解するためには京子の傍らで日々を過ごしてきた母親の言葉こそが、大きな手掛かりになるはずだ。京子の夢、京子の生い立ち、京子の好きなもの、京子の家での日々……。

「いえ、京子は部活をしたことはありませんよ。京子は拘束されるのが嫌いなんでしょうねえ。一人で家でごろごろ寝転んでいるか、お友達を呼んで遊んでいますねえ」

「京子は小学校の六年生のころ、スーパーで万引きをして捕まりました。ヘヤーブラシ一個ですけれどね。それが学校にも届けられて、担任に強く怒られました。私も強く叱りました。しかし、それは逆効果になりました。このことを契機に、度々外出をするようになって……。私に内緒で外泊をするようにもなりました。不自由をさせたことはなかったのにね……」

「あの絵は？」

「ああ、あの絵ですか。あの絵は、小学校のときに京子が描いた絵です。版画ですよ。地元の新聞社のコンクールで入選したんです。体育の時間に鉄棒をしている絵ですが、自分がモデルだって、威張っていましたよ」

「私が夜の仕事を始めたのは、もう五年余りになりますかねえ。父ちゃんが行方不明になった後ですからねえ」

「私、何度か男の人を家の中へ入れたんです。京子のいないときですけれどね。でも一度、京子に見られてしまいました。京子はそれを理由に家出をしたこともあるんですよ。でもね……、寂しくてね」

「京子も寂しいのかなっていつも思うんです。一人娘なんですよ、京子は……」

「京子の今は、なにもかも私のせいかもしれませんね。なんとかなりませんかね、先生」

なんとかなるとは思う。なんとかなるとは思うが、どうすればいいのか、恵子も分からなかった。恵子には、結婚するとはこういうことなんだ、生きるとはこういうことなんだという声が、遠くから何度も何度も聞こえて来るようだった。

9

なぎさのステージが再開された。前半と違って二人の若い女性のバックダンサーを従えてセクシーなダンスを踊り、テンポの速いラップの曲が次々と披露された。歌詞は聞き取れなかったが、乗りのいいラップの曲は一気に会場を高揚した気分に巻き込んだ。

恵子も立ち上がり、手拍子をとる場面が何度もあった。なぎさは、今はすべての楽器を手放し、激しく身体をくねらせて歌い、そして踊っていた。これがニューヨーク仕込みの踊りかと思ったほどだ。若さがはじけ、生きていることを謳歌しているようだった。

「ねえ、ねえ、なぎさって本当に素敵だねえ」

多賀子が目を丸くして前半と違うステージの変化に大声で叫んだ。なぎさは、ニューヨークに四年間住んでいたと言っていたが、その四年間にたくさんのことを学んだのだろう。目の前のなぎさは、すぐにでもメジャーで活躍できそうな予感さえした。

なぎさは、恵子や、あるいは観客のそんな思いに気づいたかのように、息を整えると、ニューヨークでの体験を語り始めた。

「私は、実は、9・11のテロの時には、ニューヨークに住んでいたのです……」

そうだった。恵子の脳裏からも削げ落ちていたが、なぎさの滞在中に、あのテロは起きたのだ。

「9・11は、私にはあまりにも衝撃的で、重い一日として記憶に残っています。私の友人も何人か亡くなりました……」

なぎさが、急に涙ぐみ言葉を詰まらせた。観客も一気に静まり返った。

「目の前の風景が一変したのです。もちろん、私の友人も、友人の家族も、目の前から一瞬のうちに消えてしまいました。一緒にレッスンを受けていた韓国からの留学生のヤンも、ニューヨークで生まれ育ったレイニーも、また私たちにレッスンを教えてくれていたメアリー先生も死んでしまいました……。私は、一年ほど、ぼんやりと過ごしていました。突然、前触れもなく、自分の人生が奪われる。そんな理不尽な出来事に、ショックが大きかったのです……。

一年ほど経って、もう一度、歌を歌おう、踊りを踊ろうと思いました。うまくは言えませんが……、未来が見通せないそんな時代だからこそ、生きることに意味があるんだと思いました。生きることは尊いことのように思いました。歌を歌い、踊りをすることが、私には生きることに繋がったのです」

周りの観客が、数人、ポケットやハンドバッグからハンカチを取り出した。

「でも、もう、めそめそしていません。そう決意して、最初に作った歌が、この曲です。デビューアルバムのタイトルにしました。『レッツ・ゴー・なぎさ』です。どうぞ聞いてください」

なぎさが、恵子の方を向いて微笑んだような気がした。恵子も、思わず微笑みながら、うなずいた。

激しいラップの曲が、会場いっぱいに流れる。なぎさの力強い踊りが、同時に激しく展開された。生きる喜びが弾け、本当に嬉しく、そして若々しく、セクシャルな舞台が展開された。

「ねえねえ、なぎさって本当に素敵ねえ」

何度も繰り返される多賀子の言葉だけれど、恵子は胸を張って答えた。

「そうだよ。素敵だよ」

恵子は、そう言いながら、次のステージには是非京子を誘おうと思った。

生きることは、転ばぬ先の杖を用意することではない。転んでも起き上がれる杖を持つことなんだ。杖とは夢だ。このことを京子に伝えたいと思った。

10

なぎさのステージが終了したのは九時半だった。六時過ぎにライブハウスに入ったから、三時間ほどが経過したことになる。しかし、恵子たちには、さほど長い時間には感じられなかった。

恵子は、終了後のステージで、なぎさに用意してきた花束を渡したが、混雑を避けるように、すぐに舞台の前を離れた。なぎさに引き留められたが、連れがいることを口実にして、人だかりのできたなぎさの周りから手を振って離れた。

外は、すっかりと夜の装いに変わっていた。ネオンサインが、あちらこちらで点滅し、闇が視界を遮り、冷たい風がすぐに頬に当たった。しかし、恵子たちの興奮は、すぐには冷めることはなかった。だれからともなく目配せしながら、近くの居酒屋にでも行こうかと誘い合った。

「近くに居酒屋はないけれど、美味しいお好み焼き屋さんがあるわよ。そこにしようか」

「賛成、賛成！」

順子の提案に、皆がすぐに賛成する。

「お腹もすいたし、家に帰って夕飯作るのも面倒くさいしね」

「そうよ。でも、順子さんは帰らなくていいの？　旦那さんが、一人寂しく待っているんじゃないの？」

「大丈夫よ、今日はフリータイム。悪い友達の多賀子たちと一緒だから遅くなるよって言ってある。だから心配ないよ」

「なに、それ」

「不良教師集団ね」

「何言っているの。こんな日に遊ばなくて、どんな日に遊ぶというのよ。さあ、いらっしゃい。行くわよ」

順子は、自分が言い出したお好み焼き屋さんを目指して、すたすたと歩き出した。

「ああ、感動したね、なぎさって子、ただものじゃないわ」

「うん、大物だ」

お好み焼き屋さんに着くと、注文するのももどかしげに、すぐになぎさの話題になった。

なんだか、みんな気合いが入っていた。

店は、お好み焼きの専門店で、様々な種類のお好み焼きがあった。具を注文して、目の前の鉄板で、自分たちで焼いて、好みの味付けをして食べる仕組みになっている。

「注文は、順子に任せるわ。みんな、ビールもいけるわよね」

「当然よ、今日は運転代行です」

「よしゃ」

多賀子の掛け声に、思わず笑いがこぼれた。

「これじゃ、やっぱり不良教師の集まりじゃないの」

「そう、でも不良教師にならなくっちゃ分からない世界もあるって感じ。我々女教師は、古い因習に縛られすぎるんだよ」

「うわあ、過激な発言。因習なんて、どこにもないよ」

「内なる因習は、あるわよ」

「そうよね、私、派手派手下着で、彼氏を悩殺しようかなあ」

「あれ、多賀子は、彼氏なんかいないんじゃないの」

「彼氏の、一人二人はいるわよ」

「わあ、本当。一人にしてよ、一人に。そして、他の一人は、こっちに回して」

「駄目、男は、比較をして選ばなきゃ」

「何を、比較するのよ」

「もちろん……」

「もちろん？」

「優しさかな」

「本音でいきなよ、本音で」

「本音は……、残念ながら彼氏は一人もいません」

「やっぱりね」

みんなの笑い声が、またどっと沸き起こる。

恵子は、そんな話に加わり、耳を傾けながら、京子のことを思い出していた。なぎさのライブは、きっと京子の心にも届くものがあるかもしれない。京子の生き方を変えられるかもしれない。はっきりとした確証はないが、京子が夢中になれるものを、一緒に探してやりたいと思った。

「それにしてもさ、なぎさのスピーチ、最高だったね」

「うん、最高だった」

「ほら、そこのネエちゃんたち、今日は、ありがとよ。派手派手パンティ着けてるかい？　だってよ」

多賀子が、なぎさの声音を真似ながら言った。

「恵子を指さしていったのよ。驚いたね」

「そんなことないよ」

「そんなことあるって」

「先生って呼ばずにネエちゃんて呼んだのも、なぎさの配慮だよね。なかなかできることじゃないよね」

「そうだね、なぎさは大人だね」

「高校を卒業して、四年が経ったばかりだというのにね」

「それに比べりゃ、我々は、ちっとも成長していない」

「大学を卒業して、五年も経つというのにね」

また、大きな笑い声が上がる。目の前の鉄板では、じゅわあ、じゅわあと音立てながら、次々とお好み焼きが焼き上がる。そして、次々と四人の口に入っていく。

「私たち、食欲だけは一人前なのよね」

「二人前だよ」

「なぎさに負けずに、頑張らなくちゃね」

「そうだよ」

「なぎさを見て、今日はつくづく思ったわ。生きるとは挑戦することだって」

「ところで、恵子は派手派手パンティ着けてるの？」

「えっ？　そんなことないよ」

「本当？」

「本当だよ」

「どれ、調べてみようか」

多賀子の冗談にもう一度笑い声が上がる。

「それにしても、あの歌はよかったね」

「どの歌？」

「テロの後に作ったという『レッツ・ゴー・なぎさ』だよ」

「うんうん、よかった」

「さあ、もう一度乾杯しようか」

「O・Kだよ」

「よーし、乾杯！」

「乾杯！」

「レッツ・ゴー・女教師ども」

みんなの前で、グラスが音立てて合わされる。

恵子は大きく叫んだ。

「レッツ・ゴー・京子」

恵子の目の前の、お好み焼きが、それに答えるように、ひときわ大きくじゅわわわあと、湯気を上げた。

「絵の話をしてみようかな、京子と」

みんながその声に恵子を見る。

「あれ、恵子はまだ教師しているの」

「因果な商売だね」

「商売じゃないよ」

みんなの笑い声がまたどっと上がる。

「そうだ、ここにも来よう」

恵子が小さくつぶやく。

「えっ、何？　恵子、何か言った？」

「ううん、何も言わないよ」

「へんな恵子だね」

「うん」

恵子は笑い声を上げてお好み焼きを口に入れる。

人はだれにでも欠点がある。しかし、よく考えるとだれにでも利点があるはずだ。信じられないと思ったら、自分自身を見つめてみることだ。答えはすぐに出てくるはずだ。

恵子は、なんだか前を向いて、京子と一緒に自分も生きられるような気がした。夢の杖はきっとどこかにある。すぐ隣にあるかもしれない。そう考えると、自然に笑みがこぼれていた。

第三話　戻り道

一日目

一人で、県外へ出張するのは、何年振りだろうか。それも宿泊を伴う出張は、これまでもあまりなかったような気がする。あるいは初めてかもしれない。この十年余は、それこそ子育てに追われた歳月だった。

この駅の猥雑さも嫌だった。だから、神戸の街から逃げ出したのだろうか。もちろん、それだけの理由ではなかったはずだ。しかし、洋子は、なぜだかそう思いたかった。

ＪＲ西日本の神戸三宮《さんのみや》駅……。大学時代と院の時代を合わせて六年間、洋子はこの駅を利用したのだ。やはり、と言うべきか、この駅にまつわる思い出は数多くある。駅は、留まる場所ではなく、ただ通り過ぎるだけの場所であるはずなのに、なぜ懐かしさがつきまとうのだろうか。

洋子が入学した神戸大学へ行くには、この三宮駅から一駅先の六甲道駅で電車を降りる。そこから「鶴甲団地行き」の市営バスに乗り替え、神戸大学正門前で降りる。これが市の中心部からの、もっとも一般的な通学コースだ。

バスは大学の敷地内を南北に二分する形で中央を横切って走る。正門前のバス停で降りて、北の方角に向かって歩き始めると、すぐに広い階段がある。この階段を上ると、緑の木々の中に視界を遮るように聳えている巨大な建物が見える。そこが大学院での研究生活を含め六年間通い続けた神戸大学経済学部館だ。

洋子は神戸を離れると、すぐに郷里の沖縄に戻った。そして教職に就き十数年余の歳月が流れたので、ＪＲ三宮駅に降り立つのは、およそ十四、五年振りになる。その間、平成八年の一月には、神戸の街は大震災にも襲われた。

洋子は、その報道を、テレビや新聞などで食い入るように見つめたものだ。震災での死亡者は四五七一人、負傷者は一万四六七〇人余にも達していた。旧知の人々の消息が気になった。同時に、卒業してから数年間が経過していたにも関わらず、なんだか自分も一緒に神戸の街で災害に襲われるべきではなかったかと、奇妙な後ろめたさを長く払拭できなかった……。

神戸で過ごした六年間は喜怒哀楽が凝縮された青春の時間だった。神戸は、洋子の憧れの街だったから、一人暮らしも苦にはならなかった。憧れの街の憧れの大学で、六年間過ごしたのだ。

当初の予定では、学部の四年間で郷里へ帰るつもりであったが、さらに二年間を院の修士課程で過ごすことになった。母は愚痴も言わずに洋子の我が儘を許してくれたが、洋子はここでの生活が気に入っていたからだ。

しかし、洋子にその決断をさせたのは、神戸の街の心地よさだけではなかった。むしろ、もう一つの理由が大きかった。

加治木《かじき》との思い出がどっと溢れてきた。身体が小刻みに震え、息が詰まりそうになる。切なさが蘇ってきて熱い涙がこぼれそうになる。六甲山牧場での初めてのデート、北野異人館巡り、布引ハーブ園、そしてメリケンパークの夜景を見ながら語り明かした日々……。加治木と別れたくなかったのだ……。

洋子は必死に瞼を強く閉ざし、動悸を整え、こぼれ落ちそうになる涙を堪《こら》えた。

「先生……、先生……、洋子先生！」

どこからか、洋子を呼ぶ声が聞こえてくる。涙に潤んだ目を開けると、若い男が手を挙げて洋子に向かって走って来る。

まさか、こんなところで自分のことを知っている人に声を掛けられることはないだろう。そう思い、男をちらっと見ただけで洋子はコートの襟を立て腰を折り、足下に置いたキャリーバッグに手を掛けた。

洋子は三宮駅で列車を降り、改札口を出て駅の構内の階段を登り切ったところで、立ち続けたまま、ぼおーっとして、過去の記憶に捕らわれていたのだ。

「洋子先生……、村上洋子先生でしょう？」

男は、洋子の傍らまで近づくと、そう言った。

男の顔が洋子の正面にあった。

「坂本君……」

突然、洋子はつぶやいていた。

「そ、そうです、坂本です。よく覚えていてくれましたね。坂本慎也《しんや》です……。やっぱり洋子先生だ。先生、お久し振りです。お元気でしたか」

「ええ、坂本君も……」

「元気ですよ、このとおり……。しかし、偶然だなあ、何年振りだろう。先生に会うのは……。不思議だなあ、こんなところで会うなんて」

「そうねえ、不思議ねえ。何年振りかしら……」

「運命の糸だよ、先生。琉球の神様が先生に会わせてくれたんだよ。六、七年振りじゃないかな」

「そうだねえ、そうかもしれないねえ。本当に久し振り……」

洋子は、そう言った後で、坂本君が卒業したのは、震災前だったか、震災後だったか、とっさには思い出せなかった。

「先生が、ぼくの名前を覚えてくれているなんて、光栄です」

「それは忘れませんよ……。坂本君は、先生にとって特別な生徒だったからね」

特別な生徒、と言った後で、洋子は誤解を与えるのではないかと気になったが、意識的にその不安を振り払った。洋子にとって、すべての子どもたちが特別な生徒なのだ。自らの知識と培った人生をかけて対峙する特別な生徒たちだ。

だが、坂本君は、やはり特異な存在だった。

坂本君は、高校二年生のときに洋子が担当したクラスの生徒だ。大阪で生活している母親を残して、一人で沖縄へやって来た。洋子の勤めるH高校へ受験して合格し、寮生活を送っていた。入学時には職員間でも話題になっただけに印象深い生徒だった。それに、成績も抜群に良かった。模擬テストの席次などでは、いつも上位に位置していた。将来を楽しみにしていた生徒の一人だ。

そう言えば、坂本くんの母親の実家は神戸で、坂本君の第一希望は、神戸大学の医学部であったはずだ。

「坂本君は、どうしてここにいるの?」

「先生こそ、なぜここにいるんですか?」

洋子は、笑いながら坂本君の質問に素直に答えた。坂本君のあのくりくりと動く明るい目が懐かしかった。まるで高校時代と同じだと思った。

「うん、えーっとね、ここ神戸大学で研究会があるの。明日から二日間の日程なんだけど、全国の地歴公民の先生方が集まって研究発表が行われるのよ。もちろん文科省主催でね。それで、久し振りに沖縄から出てきたっていうわけ」

「そうですか……」

「坂本君、実家は確か神戸だったわよね……」

「ええ、そうです。先生、覚えていてくれたんですか」

「もちろん、覚えていたよ」

「いやあ、本当に感激だなあ……。名前といい出身地といい……。先生、どうですか、時間があれば一緒に近くの喫茶店へでも……」

坂本君は、腕時計をちらっと見て洋子を誘った。

洋子も同じ仕種で腕時計を見た。午後五時。宿泊予定のホテルへチェックインするには、まだまだ急ぐ時間ではない。

「ええ、いいわよ」

「ああ、よかった。嬉しいです」

「しかし、懐かしいわねえ。こんなに立派になって……。大人になったんだね。背広も似合っているわよ。一瞬、だれだろうって思ったぐらい」

「先生こそ……、相変わらず、お美しい」

「あら、お世辞も上手になったんだね」

「本音ですよ。荷物、持ちましょうか」

坂本君は、笑いながら洋子の足元にあるキャリーバッグに手をかけて、さっさと歩き出した。行動的なところは高校時代と同じだ。

街路樹は冬の様相を呈していた。二月の初旬、駅の構内とはいえ、やはり沖縄とは比べられないほどに寒い。人々は、みんなコートを羽織っている。どうしようかと迷ったけれども、洋子もコートを着けてきてよかったと思った。マフラーを首に巻き、コートを着て足早に歩く人々の群れ。この光景だけでも沖縄とは違う。懐かしさはこんなところから来るのかもしれない。坂本君と一緒に歩きながら、洋子の記憶に、だんだんと話好きだった高校時代の坂本君の姿が蘇ってきた。

坂本君が沖縄の高校に入学を希望したのは、花粉症に悩まされていたからということだった。しかし、たぶん、それは表向きの理由だったはずだ。深く詮索することはしなかったが、複雑な家庭の事情も絡んでいたように思う。両親は離婚していたし、双子の兄がいて、兄の方は大阪で母親と二人で暮らしていた。父は確か沖縄県出身者であったはずだ。

母親は、深夜にもよく洋子の自宅まで電話してきた。多くは坂本君のことに名を借りた日常生活での愚痴だった。たとえば離婚した父親のこと、職場の同僚の悪口、洋子の学校のシステムに対する不満、はては日本の政治のあり方まで批判した。

洋子は、坂本君の進路指導に対する不満を述べられたとき、一度だけ反論したことがあるが、多くは黙って聞いた。母親は明らかに躁鬱気味で、精神のやや不安定な口振りを感じたからだ。

夏休み前、母親の休暇を利用して三者面談を行ったが、母親の高圧的な態度に辟易したことがある。日曜日に出勤した洋子へ労をねぎらうどころか、開口一番に教室の汚さを指摘した。

「基本的な生活習慣の指導ができなくて、どうして進路指導ができますか。ねえ、先生、そう思いませんか」

洋子は、のっけから皮肉を浴びせられた。

「息子は、私が十分指導していますから、先生のお手を煩わすことはございませんわ。よけいな指導はしないでくださいね。かえって迷惑ですから」

坂本君が医学部志望だと聞いたため、地元の琉球大学にも医学部はありますよと、洋子が説明したときの母親の言葉だ。母親は、洋子に「息子の指導はするな」と、その一言を言うために、わざわざ沖縄まで来たのかなと思ったほどだ。

坂本君は母親の前で萎縮し、一言も話さなかった。このことも不思議だった。いつもは人なつっこく饒舌なのに、人違いかと思うほどだった。母親は大阪の病院へ勤めている看護師だった。

「ね、坂本君、お母さんは、お元気ですか?」

喫茶店でコーヒーを注文すると、洋子は、まずこのことが気になって尋ねた。

「いいえ、元気ではありません。アル中です」

「えっ？」

「酒の飲み過ぎですよ、いろいろとストレスを抱え過ぎたんです。無理をしなくていいのに」

坂本君の表情は、深刻な内容とは違和感を与えるほどに明るい。

洋子は一瞬返す言葉を失った。

「お兄ちゃんも、いましたよね」

「ええ、そうですが……」

「そうですが？」

「消えちゃった」

「消えた？」

「ええ、失踪してしまったんです。今は、どこで何をしているのか分かりません。兄貴は、母さんの世話に疲れてしまって……、ぼくと交代したつもりでいるんじゃないでしょうか。ぼくの高校時代は、ずーっと兄貴まかせだったから……」

「そう……、坂本君も大変ね」

「いいえ、ぼくは母さんと一緒に気楽にやってますよ」

坂本君は笑顔を作り屈託がない。

高校時代の坂本君も、いろいろと辛いことを背負っていたのだろうが、微塵もその気配を見せなかった。そういう明るさが、洋子は好きだった。

洋子は、坂本君が三年生に進級するときに転勤した。だから、神戸大学医学部志望の坂本君の進路は、最終的にどうなったかは分からない。たしか、現役では合格出来なかったという情報を転勤先の学校で聞いたような気がするが、それも確かではない。

「先生……、先生は、先ほど、立ったまま涙ぐんでいたような気がしますが……」

「えっ？　そんなことはないよ」

「そうですか……。駅で必死に涙を堪えていたような気がしたんですが」

「そんなことないって。気のせいだよ」

「そうですか……。先生は、神戸は初めてですか？」

「いえ、違うわ……。私はね、神戸大学経済学部の出身なの」

「えっ？」

「そんなに驚くこと、ないじゃない」

「驚きますよ、ぼくの先輩だ」

「えっ？」

「ぼくも、神戸大学経済学部の卒業生です」

「えっ？　本当なの？」

「ええ、本当です。偶然だなあ。本当に不思議だ。神戸にも神様がいるんだ」

「ちょっ、ちょっと待ってよ。坂本君は神戸大学医学部志望ではなかったの？」

「よく覚えていますねえ、先生は……。そうです。そうでしたが、一浪して文転して、経済学部に入学したんです」

「そう……、知らなかったわ」

「当然ですよ、たぶん、ぼくの三年のときの担任も知らないんじゃないかな」

坂本君は、そう言うと、コーヒーカップを手に持って小さく音を立てて啜り、にやっと笑った。

「で、今は？」

「ここ、神戸の商事会社に就職して、貿易関係の仕事をやっています」

「そう、それで……」

「それで、よかったと思っています」

坂本君は、洋子君の問いかけるいろいろな質問に、てきぱきと答えていく。坂本君の利発さは高校時代と同じだ。

「ぼくは先生の後輩になるんだ……、先輩、よろしくお願いします」

坂本君は、コーヒーカップを持って乾杯の仕種をした。

洋子も、思わず笑顔を浮かべ、カチッとカップを合わせた。

二日目

久し振りに訪ねる神戸大学は、やはり懐かしかった。震災の被害を受けて、かなり変わったのではないかと予想していたが、洋子の記憶を喚起するには十分だった。学部の建物や、講堂、図書館、そして深い緑の木々などが当時と同じように立ち並んでいた。

少し早めに会場に到着した洋子は、会場を確かめると、思い出を慈しむようにキャンパスを散策した。弾む息が顔の前で白く広がってゆくのが新鮮に感じられた。沖縄では滅多にないことだ。

散策のコースが、つい加治木と座った思い出のベンチを探し回っていることに気づいて苦笑した。それらのベンチが置いてあった場所は、今では煉瓦を積み重ね造園されていて微妙に変化していた。しかし、そうでなくとも、当時はほとんどが木のベンチであったから、十年余の歳月ですでに朽ちていただろう。

加治木も洋子も、若かったのだ。もちろん、卒業から十数年余も経ったとはいえ、今も十分に若いとは思っている。だが、過ぎ去った歳月はやはり遙か彼方にあった。キャンパスを歩きながら一抹の寂しさを感じると同時に、そのような感傷的な気分になっている自分に苦笑した。

洋子が参加する研究会は、「全国高等学校地歴公民科教育研究大会」と長い名前が付けられており、予定どおり九時三十分にスタートした。一日目の午前中は、主催者や神戸市長らの歓迎挨拶があり、続いて文科省担当主事の全体講演があった。午後からは公民分野と地歴分野に分かれて現場教師からの実践報告がなされる予定である。もちろん経済学部出身の洋子は、公民分野の研究会に登録している。

二日目は各分野をさらに細分化し、それぞれのテーマで現場からの実践報告や共通の課題について討議をする。さらに昼食を挟みながら論議を深め、午後からはまとめの閉会集会が予定されていた。職場の同僚に聞くと、全国規模の研究大会にしては、割とハードなスケジュールだということだった。

洋子は、県外での研究大会などは、ほとんど参加をしたことがなかったから、それほど苦痛を感じるほどの日程ではないように思われた。三割ほどのお世辞を上乗せして言えば、むしろ刺激的に思われた。

全体集会での講演が終わり、昼食を済ませて、午後からの分科会が始まったとたんに雪が降り出した。久し振りに見る雪だ。二階の窓からは、雪が降るというよりも、階下からの風に吹き上げられてくる白い花びらのように感じられた。二月の初旬に雪が降るのは久し振りだと、休憩時間の廊下などでは地元からの参加者の説明に耳を傾ける人々の輪ができた。

洋子は研究会の間中、坂本君のことが気になっていた。

「母さんは、ぼくと兄さんのことで、ストレスを抱えてアル中になったんです」

「ぼくも、母さんも、もう戻る道がないんです……」

坂本君は、別れ際に洋子に向かって、そんなふうに言った。なぜそのようなことを言ったのか。どのような理由からそんな言葉を発したのか。曖昧で思い出せないのだ。このことが、とても気になっていた。

「道は自分で見つけなけりゃ、男じゃないよ」

洋子は、とっさにそんなふうに冗談を返したような気がするが、坂本君が望んだのは、そんな言葉ではなかったような気がする。その言葉は励ましにもならず、それどころか、坂本君を傷つけたのではなかったか。

洋子は休憩時間に廊下に出ても、同僚の輪には加わらずに一人離れてその言葉を思い出しては、ため息をついた。どんな理由で、どのような文脈で、坂本君はこの言葉を吐いたのか。坂本君の戻る道とはどんな道なのか。やはり最後まで思い出せなかった。

研究会が終わってキャンパスに出ると、雪はまだ綿毛のように辺り一面に舞い続けていた。

洋子は、そんな中を歩いてバスに乗り、六甲道駅からJRに乗り替え、三宮駅に戻った。三宮駅で、少し躊躇したが、駅近くの中央区にある宿泊先のニューエッカホテルには戻らずに、まっすぐに、かつての級友たちと待ち合わせた黄羽根《きはね》レストランへ向かうことにした。

黄羽根レストランは、生田神社へ向かう生田ロードの入り口にある。待ち合わせの時間までに少し余裕があるので、三宮のセンター街を歩くことにした。そこから、たしか地下街を抜けて生田ロードへも繋がっていたはずだ。それに、三宮センター街には、学生のころアルバイトをしていた本屋がある。その本屋も訪ねてみたかった。

センター街は相変わらず混雑した賑やかな街だった。ただ、両サイドの店は、当時とかなり様変わりがしており、ショーウィンドーの飾り付けは華やかさを増しているような気がした。目指す本屋は、あっけないほどすぐに見つかった。内部は一新されていたが、そのままの名前で営業が続けられていた。中へ入り、幾つかの文芸書を手に取って捲ったが、なんだか当時を思い出し、辛くなって慌てて飛び出した。

センター街からJR線の下を潜って生田通りに出る地下道は、すぐに見つかった。約束の黄羽根レストランには、予定の時間よりも十分ほど早く到着したが、久美子も玲子もすでに到着していた。

二人とは、沖縄を出発する前に連絡を取り合っていたのだが、食事を取りながら互いに近況を報告した後は、一気に話題は学生時代の思い出に飛んだ。それも多くは、かつての恋愛感情を挟んだ複雑な人間模様の回想だ。

「でさあ、結局久美子は、鈴木に振られたんだよね」

「振られたんじゃなくて、振ったんです。そこは大きな違いよ。間違えないでよ」

「記憶は、いくらでも歪曲されるんだね」

「歪曲じゃなくて、真実だってば。ほんまにもう……」

「真実を歪曲することを、私たちは経済学で学んだのよね」

「もう、玲子は……、あかんわ」

久美子も、玲子も笑っている。互いに経済学部で学んだ仲間だ。過去のことは、やはり笑って済ませた方がいいのだろう。

久美子は大阪、玲子は地元神戸の出身だ。久美子は、玲子が連絡してくれて、大阪から、わざわざ会いに来てくれたのだった。一気に波乱に富んだ大学時代の恋の結末を俎上に載せて笑い合っているが、本当に久美子の周りには恋の噂が絶えなかった。久美子は何人かの男子学生と同棲生活をも繰り返したはずだ。もちろん、それは仲間うちでの内密な話だ。

洋子には、大学時代に、よく行動を共にしていた気の合う仲間が四人いた。一度、四人で元町を散策しているところを、同じ学部の男子学生に見られてからは、「元町四人娘」と、いつの間にか渾名《あだな》がつけられていた。しかし、元町は本当に四人で連れ立ってよく歩いたものだ。

「祐里子《ゆりこ》のところに、お焼香に行きたいんだけど……」

洋子が、神戸大学で開催された研究会に参加した理由の一つは、このことにもあった。

「うん、いいわよ。私が案内してあげる」

「有り難う、助かるわ」

玲子が即座に答えてくれたことに、洋子は礼を述べる。

元町四人娘のうちの一人の祐里子は、神戸の大震災の被害者で、夫と共に亡くなっていた。祐里子は北海道の出身で、神戸で結婚相手を見つけて、寒い北海道を脱出すると意気込んでいた。洋子が沖縄出身だと知ると、もっと南の大学にすべきだったかと悔やんでもいた。

「祐里子は、夢が叶ったんだろうかね」

「ううーん……、どうだろう」

「結婚相手は、見事地元の男をゲットできたから夢は叶ったと言えるのかなあ。天災は予測がつかないしねえ」

「やっぱり、琉球大学にすべきだったかもねえ。そうすれば、地震なんかに遭わなくても済んだのにねえ」

「そうすれば、今日の研究会で会えたかも」

「ほんまやわ。そうすれば、また四人で元町を歩いていたかも」

「復活、元町四人娘」

「元町、四人おばさんだよ」

洋子たちは、何の話題になっても、笑ってばかりいた。

実際、祐里子は、大学卒業後は洋子と同じように市内の高校の公民科教師になっていたから、あり得ないことではなかった。

祐里子の結婚式には、大学院在学中だった洋子も参加した。祐里子が学部を卒業したその年の秋の結婚式だった。祐里子の幸せそうな顔が目に浮かぶ。

大阪出身の久美子は大阪に戻り、大阪大学医学部を卒業した医者の御曹司と結婚した。専業主婦は久美子だけだ。子どもも三人できて、いかにも幸せそうである。久美子の結婚にはいろいろと紆余曲折はあったのだろうが、のろけているから幸せなのだろう。

神戸出身の玲子は、東京に本社を置く商事会社の神戸支所に就職した。そして、職場の先輩と数年前に結婚したという。みんな、落ち着く場所に落ち着いたんだと思った。

ふいに、「戻る道がないんです、と言った坂本君の言葉が、洋子の脳裏に蘇ってきた。洋子は、どうだったのだろうか。洋子は、戻る道が必要だったのだろうか。

洋子は修士課程を終えると郷里に戻り、高校教師として職を得た。巡り会えた同僚と結婚して二人の子どもも得た。子育てと学校との間を通い詰めた十数年だった。今、やっと出張などができるようになったのだ。

洋子の人生は、戻り道を得たと言えるのだろうか。戻ったとすれば、どこからだろうか。どこが分岐点になるのだろうか……。

「洋子は加治木と別れたこと、後悔していない?」

「洋子、何ぼんやりしているのよ。洋子は加治木と仲が良かったでしょう?」

洋子は、玲子の問いに思わず我に返って声を詰まらせた。

「いえ、それほどでも……」

「そうなの? 私たちはみんな、あんたたち二人は当然結婚するものだと思っていたのよ。ねえ、久美子?」

「ええ、もちろん。洋子は私とは違って、ウブだったからねえ。でも、ほんまのとこは、それほどでもなかったの?」

「それほどでも、かもね……」

洋子は相づちを打ちながら言葉を濁す。このようにして、言葉を濁し本音を隠し、大学時代も今も生きてきたのかなと思うと少し嫌な気分になる。

「でも、加治木が好きだったよね」

「それは……、そうね」

「ほら、本音を吐いた。洋子は、久美子と違って嘘がつけないからねえ」

「あれ、何よ、その言いぐさは。そんなんでは私がまるで嘘つきやないか」

「そう、嘘つきや」

「私だけでないやろ。女はみんな嘘つきや。嘘をつかなけりゃ生きていけないもんね。過去を上手に隠す。女の知恵や」

「ああ、怖いわ、この院長夫人は……」

三人はまた大声で笑い合う。このレストランは玲子のなじみの店のようだが、個室のように仕切られたプライベートな空間がたくさんあって、これが宣伝文句にもなっているようだ。

三人の会話は途絶えることがなかった。子どものこと、職場のこと、最近見た映画のことなど、学生時代に戻った気分で話し合った。もちろん、これまで三人だけの秘密にしていたことも話題にした。ここだけの秘密で座は盛り上がった。

洋子は話題が変わっていく中でも、加治木のことが頭から離れなかった。加治木の消息を訪ねることも、神戸へやってきた理由の一つだ。だが、タイミングを逸してしまい、また加治木との関係を曖昧に答えた手前、なかなか、もう切り出せなかった。しばらくは、上の空で相づちを打っていた。

映画の話題が途絶えたところで、玲子が洋子に向かって言った。

「洋子……、そう言えば、加治木が奥さんを震災で亡くしたこと、知っていた？」

「ええっ？　そうなの？　知らなかったわ」

「そう……」

「初耳だわ。ねえ、どういうことなの？」

洋子は、再び巡ってきたチャンスに、しがみついた。

「加治木には子どもも、いたの？」

「ええ、いたわ」

「で、子どもたちは、無事だったの？」

洋子は、さりげなさを装いながらも必死だった。

「加治木はね、出張中に震災に遭い、奥さんを亡くしたんだよ。小さい子どもさんを一人残してね、奥さんは死んじゃったわけ。それから、加治木は勤めていた銀行も辞めて、家業を継ぐことにしたの。加治木の実家は酒屋さんだったこと、覚えているよねえ？」

「うん、覚えている」

「その実家が、大きな被害に遭ったわけ。奥さんだけでなく両親も亡くなられてね。加治木のやつ、お堅いさんだったから、銀行でも信用があったようだけど、出世コースもすぐに投げ出して、実家を再興するために家業を引き継いだってわけよ」

「残された子どもさんは、いくつぐらいなの？」

「もう小学校に入学したかなあ」

「女の子？」

「そう、女の子。震災の事故で、ちょっと、障害が残ったみたいよ」

「そうなの……、で、加治木は？」

「えっ？」

「加治木は、どうしているの？」

「どうしているのって……」

「怪我はなかったの？」

「さっき言ったよ、出張中だったって」

「あっ、そうだったね」

洋子は一息ついてコーヒーを飲んだ。そして再び尋ねた。

「それで……、加治木は再婚したのかしら？」

「さあ。どうだったかな。まだじゃなかったかしら……、ねえ久美子、加治木が再婚したって話、聞いたことある？」

「ううん、ないわ……。でも、なんでまた急に、洋子は熱心に加治木のこと聞くわけ？」

「やっぱり加治木のこと、今でも忘れられないんだね」

久美子がにやにやと詮索する笑みを浮かべて洋子を見る。

「違うわ。一人じゃ、子育て大変だろうなと思って。それに……」

「それに？」

洋子は、逃げないで言おうと思った。

「もし、よければ、奥さんのお焼香に行こうかなって、思ったもんだから……」

やはり、本当のことは言い出せなかった。

「そうだね、行ってあげたら、加治木は泣いて喜ぶわよ」

「私、連れって行ってあげるわ。祐里子のところへ焼香に行った後、一緒に行こうか」

「ええ、是非お願いしようかしら」

「玲子！　余計なお節介はしないでよ。洋子は一人で行きたいんですよ」

「そんなことないわ」

「洋子は、加治木の実家、分かるわよねえ」

「ええ、分かっています」

「ほらね、あんたは、おじゃま虫なの」

「いえ、そんなことはないですよ……」

「洋子には加治木との積もる話も、いっぱいあるだろうし……。ここは野暮なことはしないの。大人の女としてはね。分かったかね、玲子さん」

「はいはい、分かりました。私はまだ子どもですよ」

また、笑い声が上がる。なんだか、三人とも、女学生の気分からいつまでも抜け出せなかった。それぞれの秘め事は、小さな炎であったが消えてはいなかった。あるいは消えた炎を懐かしがっていた。随分と華やいだ話題に終始したことに、三人は苦笑を浮かべて自らの頬を叩いた。

「記憶は永遠の美談で玉手箱に閉じ込めておこうね！」

「はい、今日はこれでおしまい！」

三人は、勢いよく立ち上がり、手を振って別れた。

洋子がホテルに帰ってきたのは、午後の九時を過ぎていた。部屋に戻ると、少し遅いかなと思ったけれど、洋子は自宅に電話した。子どもたちは、しっかりと食事を摂っているか気になったからだ。

夫が電話に出たが、子どもたちのことを尋ねると、夫はすぐに娘と代わってくれた。小学生の二人の娘は、次々と電話を奪うように交代して甘えてきた。最後にまた夫に代わってもらって礼を述べた。

　夫は最初の職場で知り合った二つ年上の国語教師だ。洋子は迷ったけれども、夫の優しさを疑うことは一度もなかった。知り合って一年後に、思い切って夫のプロポーズを受け入れたのだった。

三日目

　研究会最終日の分科会は昼食を挟んで行われた。充実した時間になった。積極的に発言することは控えたが、それぞれの学校現場が抱えている悩みや、教育の意義などを問い返す白熱した論議もあった。

　洋子が参加した公民分野では、「生徒たちへ、いかにすれば授業への関心や興味を持たせることができるか」というテーマを掲げていた。特に政治や経済は、現実の日々と直接関わる重要な教科であるにも関わらず、関心を示さない生徒たちを、どのような動機付けで学ぶことの意義を自覚させるか。このことの実践や問いかけがなされたが、共感する発表が多かった。

　特に洋子の興味を引いたのは、東京都立M高校の試みで、携帯電話から、情報の流れや経済の仕組みを解いていく実践だった。経済へのアプローチは県や国単位ではなく、グローバル化したインターネットの時代の今日、世界の経済活動と連動させて学ばなければならない。経済学の知識一つで、無一文から世界を動かす億万長者になれるのだという動機付けは、面映ゆいけれども共感できた。

洋子たちが経済学を学んだ動機も、あるいはこのようなことと関係なかったとは言い切れない。少なくとも洋子には、貧富の差をなくし、世界的規模において富を分配するという夢があったような気がする。M高校の実践は、それを個人の欲望のレベルに置き換えたに過ぎなかったが、むしろその方が正直な動機だろう。

洋子は感心しながらも、もうそんな意欲から遠い距離に来てしまっている自分を、どこか冷めた意識で眺めていた。

閉会集会では、各分科会の報告を聞き、最後まで参加して会場を後にした。たぶん会場が母校の神戸大学でなく、また坂本君との待ち合わせの時間をもう少し繰り上げていたら、早めに会場を後にしていたかもしれない。

坂本君とは三宮駅で待ち合わせて、市営地下鉄西神線に乗り、阪神御影駅で下車した。その駅の近くに母親と暮らすアパートがあるという。是非寄って欲しいということだった。

坂本君のアパートに着いたころには、辺りはもう薄暗い闇が降り始めていた。

「昨日、一日かけて、掃除したんです。先生を迎えるんですから、きれいにしておかなくちゃと思って……」

坂本君は、洋子を部屋へ案内すると、はにかむような笑顔を作ってそう言った。洋子は、坂本君の言葉に、自分が学生時代を過ごしたアパートでの日々を思い出した。加治木がやって来る日は、心を躍らせて部屋を片づけ、料理の準備をしたのだ。

「随分と片づいているんじゃない。感心したわ。で……、お母さんは、今日はどちらに？」

「アル中で、入院していますよ」

「えっ？　入院するほど悪かったの？」

「あれ、ぼく言わなかったかなあ、入院していること……」

「そうねえ、言ったかもしれないわね。私が聞き漏らしたのかもね。ごめんね」

洋子は、そんなふうに謝った後、もう一度部屋の中を見回した。そう言われてみれば、母親と暮らしている名残は至る所にあるものの、女物の服は掛かっていないし、匂いもないような気がした。

「お母さん、入院は長いの？」

「もう、半年ほどになります。この部屋に先生が来たと知ったら、母さん、びっくりするだろうなあ」

「お母さんの病院に、見舞いに行けばよかったかしら」

「えーっ、本当ですか、先生が見舞いに来たら、母さん喜びますよ。だれも見舞いに来る者はいないし……。あれでも母さんは、先生のこと、信用していましたから」

「そう……」

何だか、坂本君の背中が急に寂しそうだった。

坂本君は、会社からの帰りに買い込んだと思われる寿司を皿に移し替え、冷蔵庫の中からビールを取り出した。

坂本君は目前の寿司を食べ、ビールを飲みながら、一人でたくさんのことを話した。洋子は高校時代の坂本君が目の前に戻ってきたような気がした。あのころも、坂本君は話すことで辛さを忘れていたのかもしれない。堰が切れたように話す坂本君を見て、今もまた、そうなのかもしれないと思った。母さんのこと、失踪した兄のこと、幼いころに離婚した父の思い出まで、酔いが回ってきたような赤い顔を見せながら話し続けた。

洋子は、そんな坂本君を見ながら、あるいはこの子は、このようにして話しかける友達も、今はいないのだろうかと気になった。教室では、彼の周りはいつも賑やかだった。成績のいい彼は、みんなから一目も二目も置かれていた。

坂本君のお母さんを明日見舞いに行くことを約束し、坂本君の話を聞きながら、洋子は洋子自身の死んだ兄のことを思い出していた。兄は急性のアルコール性肝硬変で病院に担ぎ込まれた。ひと月間、県立の中部病院へ入院した後、アルコールを断つため、南部の療養施設に転院した。しかし、その二週間後に自殺した。施設の介護士の目を盗んで外に飛び出し、近くのアパートの屋上から飛び降りたのだ。

たった一人の兄だったから、洋子のショックは大きかった。洋子が神戸大学へ入学した翌々年だ。母からの知らせですぐに帰省した。加治木とは出会ったばかりだったけれど帰省の理由は言えなかった。

母は結婚後、夫を病気で喪った後は、兄と洋子を養うために小さな飲食店を営んでいた。兄は結婚をしていなかったが、小さな民間の土建会社に勤めていた。兄が、どうしてアルコール中毒にならねばならなかったのか。なぜ自殺したのか。洋子にはその理由も原因も、皆目、分からなかった。

母に尋ねても、首を横に振るだけだった。母と兄のもとを離れていた神戸での一年余の日々に、兄に何があったのか。母は何も語ってくれなかった。何かを隠しているようにも思われたが、本当に何も知らないようにも思われた。

もし、洋子に真実が分かったとしても、どうにもならなかっただろう。あるいは何もかも出会ったばかりの加治木に打ち明けて相談すべきだったのだろうか。洋子は、今でもそう思うことがある。

しかし、当時真実を知ることは恐ろしくもあった。兄の苦悩、母と兄の相克、洋子の出生の秘密、ぼんやりとしていたものが暴かれるような気がしたのだ。そして、それは、加治木の前で明かしてはならないもののような気がしたのだ。加治木を愛することの予感の前で、家族の秘密を打ち明けることは、加治木を不幸にする決意をすることのようにも思われた。洋子にはそれができなかった。

このことは、洋子の小さな拘りだったのだろうか。加治木との愛で、このような洋子の拘りを、みんな溶かすことができただろうか。洋子は、やはり自信がなかった。神戸の伝統的な酒屋を受け継いできた加治木の父親を紹介されたときも一気にその思いは膨らんでいった。この家に私は嫁いではならないのだと……。

洋子は、自分の父親が、だれかさえも分からないのだ。夫を喪った母が、飲食店を経営するようになってから生まれた子が洋子だ。このことを教えてくれたのは、自殺をした年の離れた兄だった。そして、父親を問いただす洋子に、母は頑固に口を閉ざしていた。

「あんたの父親のことは、私のグソー（あの世）への手みやげにするから、洋子も諦めてちょうだい……」

それが、母の口癖だった……。

加治木は、これらのことすべてを受け入れてくれただろうか……。やはり、洋子には自信がなかった。友達の玲子や久美子にも言わなかったことだ。

しかし、洋子は必死に加治木を愛した。そんな日々に偽りはなかった。

洋子は、少しため息をついて、坂本君が注いでくれたビールを飲んだ。坂本君にも、いろいろと辛い事情があるのだろうが、頑張って乗り越えて欲しいと思った。

「先生……」

突然、坂本君が立ち上がり、洋子の傍らに寄ってきて洋子に抱きついた。

「ぼく、先生が大好きです……。先生、昔から、かっこよかった」

「坂本君、止めなさい」

「先生、ぼく……」

「止めなさい」

「先生、ねえ、いいでしょう」

「駄目です、坂本君、止めなさい。酔っぱらっているんです」

「酔ってなんか、いませんよ」

坂本君の手が、洋子の乳房を握る。吐息が首筋にかかってくる。

洋子は、強引に唇を押しつけてくる坂本君を思い切り振り払った。坂本君は怯むことなく、なおも洋子を抱きしめ、畳の上に押し倒し、身体の上にのし掛かった。

「先生……」

荒い息が洋子に覆い被さる。ワンピースの胸のボタンが千切れた。

「止めて！　坂本君、お願い、止めて！」

強引に下着に手を掛け、分け入ろうとする坂本君の身体を、洋子は必死にはねのけた。抵抗する洋子の足が、テーブルを蹴ってコップの割れる音が大きく響いた。

その音で、坂本君はやっと洋子の身体の上から離れていった。

洋子は、無言のままで、思い切り平手で坂本君の頬を叩いた。それから、坂本君がハンガーに掛けてくれたコートを急いで抜き取ると、ボタンの取れたワンピースを隠すように身体を覆い急いで部屋を出た。

洋子は、夜の道を襟を立てて歩きながら、涙が止まらなかった。坂本君は教え子でもあったが、二十代半ばを過ぎた若い男性でもあったのだ。

「私は、坂本君へ何を教えたのだろう。女教師を誘惑せよと教えたのか……」

駅の構内に着いても、まだ涙が止まらなかった。身を縮め、顔を隠すようにして電車を待った。コートの裾が風に煽られると、ワンピースの下から裸体が露わになりはしないかと気になった。

洋子は、坂本君に言えなかった言葉を反芻した。加治木と別れた理由とも重なった。だれのために泣いているのか、何のために泣いているのか、よく分からなかった。ただ悲しみがごちゃ混ぜになって洋子を強く襲っていた。

「愛するってことは肉体を奪うことではないよ。相手の人生をも共に歩むという決意をすることなのよ。坂本君にはその覚悟があるの？」

洋子は、自分の不用心さを責めたが、もう時間は戻せなかった。

「坂本君は何もかも計算ずくだったのだろうか……」

洋子は、そんな思いにも打ちのめされた。そうは思いたくなかった。しかし、そう思うと、偶然出会った後の坂本君の言動は、すべてが辻褄が合うようにようにも思われた。アパートで会おうと言ったことも、そして、母親が入院していることを隠して洋子を巧みに誘ったことも……。

夫や子どもの顔が浮かんできた。三宮駅に着いたら、服を買うことはできるが、買った服のことを、夫にはどのように説明しようか……。涙を拭ったばかりなのに、またも涙が滲んできた。

四日目

朝、ホテルのレストランで遅い朝食を取り、チェックアウトを済ませると、三宮駅のロッカーへ荷物を預けた。帰りの飛行機は、関西空港発那覇行きのＪＡＬで十七時の便だ。玲子と一緒に祐里子の家に焼香をしに行く約束をした時間は二時だから、まだだいぶ時間がある。それまで、神戸の街を散策してみようと思った。

坂本君と神戸駅で十時に待ち合わせて、お母さんを見舞いに行く約束をしたのだが、もちろんその気にはなれなかった。坂本君のことは思い出すだけでも不愉快だった。そして、自分の軽率な行為を恥じた。

洋子は駅を出ると、大きく深呼吸をした。懐かしい神戸だ。もう二度と訪れることはないだろう。そう思うと、やはり、足は自然に大学時代に住んでいたアパートの周辺へ向かっていた。アパートは、三宮駅から異人館に向かう北野坂通りの奥の方へあった。大学に通うには、駅からは少し遠いと思ったが、駅の周辺はどこも家賃が高く、やむを得ないと思って決めたのだった。

北野坂入り口の東洋ビル前で腕時計を見ると、十時であった。少し坂本君のことが気になったが、やむを得ないことだ。手のひらに坂本君の頬を叩いた感触が蘇ってきた。その手に強く息を吹きかけて両手で擦りあわせ、小さなショルダーバッグを肩に担ぎ直して歩き始めた。

北野坂は思った以上にきつく、白い息がすぐに目の前を遮った。何度も加治木と連れだって歩いた道だ。沿道の風景は、やはり変わっていたが、それでも懐かしい思い出は、一歩一歩、歩く度に次々と蘇ってきた。どれもこれも懐かしく、思わず熱い思いに目頭が潤んだ。

最初のあのときも、加治木の頬を打ったのだろうか……。打ったような気もするが、打つ素振りをしただけだったような気もする。いや、打つよりも前に、加治木に抱きすくめられていたような気もする。この坂の奥にある小さなアパートでの出来事だ。

洋子は、あの日以来、加治木と何度も肌を合わせた。加治木を待つために、小さな家具をまごとのように買い集めた。食器を揃え、加治木のためにセーターを編んだ。

洋子にとって、恋人をもつことは初めてだった。戸惑うことも多かったが、父親の愛情を知らない洋子は、時には加治木に父親のように甘えた。たぶん、あのように心がときめき、幸せを感じた日々は二度とやってこないだろう……。二人の思い出がいっぱい詰まったアパートだ。

「洋子は……、どうして、ぼくのプロポーズを受け入れてくれないのかな。ぼくは沖縄で就職してもいいと思っている。どうして駄目なんだ」

加治木の意志を、洋子が拒んだのだ。どうしてだったのだろう。あのときは、洋子も明確に説明することができなくて加治木を苛立たせた。いや説明することを避けて、洋子は別れることを告げたのだ。父親を知らない自分の出生を説明することは難しかった。涙だけが次々と溢れてきた。

今では、あのころの感情を、もう明確には思い出せないが、加治木と結婚すれば加治木を苦しめることになる。それに加治木はともかく、加治木の父親が二人の結婚を許してくれるはずはないと洋子は即断した。若気の至りと言えばそれまでだが、プロポーズを拒否する決断をするまでは洋子が苦しんだが、受け入れる決断すれば加治木を苦しませることになる。そう思ったのだ。

洋子は、自分が父親を知らない私生児であることを加治木に告げていなかった。母親が、小さな飲食店を切り盛りして水商売をして生計を立てていることは告げた。しかし、兄がアルコール中毒になって入院し、洋子が大学在学中に自殺をしたことは告げられなかった。

洋子の母は、洋子が結婚をし、二人の子を授かった今でも一人で暮らしている。一緒に住もうと言う洋子の誘いを断り続けて、今でもずーっと当時からの飲食店を続けている。

「母さんは、この方が気楽でいいよ。洋子は洋子で、自分のことだけを考えればいいんだ」

母は、たぶん、洋子が加治木のプロポーズを拒んだことなど知らないはずだ。極端なほど、洋子の生活に干渉しない。病気で亡くした夫と、自殺した兄の位牌だけを仏壇に据え、ひたすら拝み続けている……。

加治木と一緒に時間を過ごしたアパートは、当時と同じような佇まいのままであった。沿道の風景が変わっているので、あるいは、もう取り壊されたのではないかと思っていたのだが、不思議なほど、アパートの建つ場所は、時間の経過から取り残されていた。ここだけは時間が止まっているのではないかとさえ思われた。

門前の大きな銀杏の木もそのままだった。郵便受けのステンレスのポストもそのままだった。今考えるとセキュリティに驚くほど不用心だったような気もするが、当時はこんな作りが一般的だったのだろう。

さすがに、階段を上ることは躊躇われた。部屋の前に立つと、あるいは泣き崩れてしまうかもしれないと思った。門前から、白いペンキを塗った四階建ての建物を眺めただけで、意を決して背中を向けた。背後の方で、加治木とのことは、なんだか過去の記憶の箱に収まって、パタンと蓋が閉じられたような気がした。

午後には玲子と一緒に、震災で亡くなった祐里子の家を訪ね、合掌し焼香した。加治木の家に行くことは、やはり取り止めた。玲子には少し冷やかされたが、アパートを訪ねたことで、確実に洋子の気持ちは整理されていた。加治木のことはもう終わったのだ。加治木に会って、あのころ自分が取った不可解な行動を詫びたいと強く思ってもいたが、やはりすべてを忘れるべきなのだ。戻ってはいけない道なのだ。忘れることが、加治木と夫に対する誠実さのような気もした。

玲子に礼を述べた後、空港に向かう前に三宮駅東急インのデパートで、二人の娘たちと夫のために土産物を買った。迷った末に、三人お揃いの長袖のトレーナーを買った。

クラスの子どもたちのお土産にと、お菓子を買った。生徒たちは、わいわいと騒ぎ立てて、あれこれと洋子の神戸での四日間のことを聞きたがるだろう。高校二年生とはいえ、まだまだ担任の洋子に甘えてくる。自然に笑みがこぼれ、何人かの生徒の顔がすぐに浮かんできた。

空港には予定よりも早く着いた。すぐに搭乗手続きを済ませた。なんだか早くこの地を飛び立ちたかった。

玲子に電話をして、礼を再度述べた。久美子には携帯の電源が切られていたのでメールを送った。みんなそれぞれの道をしっかり歩いているのだ。なんだか神戸に来るときとは違って爽やかな気分だった。神戸に置き忘れた荷物を整理して戻る感じだった。あるいは、これが自分の戻り道なのかなと思った。

「先生……、洋子先生……」

改札口のゲートを潜ろうとする手前で、背後から声を掛けられた。歩みを止めて振り返ると、すぐ後ろに坂本君が立っていた。

洋子は驚いたが、つとめて冷静さを装い、一瞥しただけで、すぐに正面を向き歩き出した。

「先生、待ってください。話を聞いてください」

洋子は、それでも足を止めずに歩き続けた。

「先生、ごめんなさい」

ゲートに入る直前で、勢いよく正面に回り込んだ坂本君に、洋子は行く手をふさがれた。

「どいて」

洋子は、やはり冷たく言い放った。

「先生、ごめんなさい。ごめんなさい。申し訳ありませんでした……」

「申し訳ありませんでしたでは、済まないこともあるのよ」

「分かっています……。でも、どうしても、先生にお詫びが言いたくて……」

洋子は、背後で搭乗客が困惑して立ち往生しているのに気づくと、一瞬ためらった後、傍らに寄って通路をあけた。

坂本君は、涙を拭うような仕種を見せて話し続けた。

「先生に母さんのこと心配してもらったのに、先生を裏切ってしまった。母さんは、ぼくのこと心配して、余計にアル中になってしまったのに」

「……」

洋子は立ったまま、手荷物を足元に置いて坂本君の話を聞いた。

「ぼく、大学進学なんかしなかったんです。神戸大学に入学して先生の後輩になったという話は嘘です。卒業したときに神戸大学の医学部を受験しましたが失敗しました。母さんのところに戻ってきて、アルバイトをしながら勉強したんですが、また失敗してしまって……」

「……」

「それで、医学部諦めて、もう勉強する気力もなくして神戸で就職したんです」

「そう、それで、よかったかもね。頑張ってね」

洋子は足元に置いた手荷物を持ち直して、ゲートを向いた。

「先生、ぼく神戸が好きで、神戸で働いたんです」

洋子は、もう歩き出していた。

「先生、また来てください。ぼく案内しますから、神戸の街……、本当に案内しますから」

洋子にすがりつくように、坂本君は必死で言う。

洋子は、歩きながら言った。

「母さんを大切にして……。そして、自分の人生も大切にしてよ」

「先生……」

「分かったね。自分が歩く道を、しっかり見つけなけりゃ。戻る道をもう一度考えてね」

「……」

洋子は涙を浮かべている坂本君の傍に立ち止まった。そして力強く言った。

「他人を愛するってことはね、坂本君、だれもが命がけなのよ。とても危険な賭をすることなのよ。坂本君にはその覚悟があるの？　人格のない快楽は、自分自身をみじめにし破滅させるだけだよ」

少しきつい言い方になったかなと思ったが、偽らざる思いだった。

坂本君は涙を拭いながらうなずいてくれたように思った。

洋子は、そんな坂本君を振り切って再び歩き出した。もう二度と振り返らなかった。

洋子は坂本君へ言った言葉は、坂本君にではなく自分へ言ったのかもしれないと思った。神戸と別れるためにだ。洋子の手荷物が小さなベルトコンベアに乗った。

坂本君が、洋子の背中で涙を堪えながら手を振っていた。もちろん洋子はそのことにも気づかなかった。

「先生、有り難う……。また来てください」

洋子には、この言葉も聞こえなかった。たぶん、もう二度と神戸へ来ることはない。そう思った。私の教え子、坂本君の健闘を祈りながら、洋子は背中を向けたままで歩き続けた。

さようなら神戸、さようなら坂本君。私はここへは戻れないのよ。もう二度と神戸には戻らないわ。私がここへ戻ることは家族を裏切ることになるわ。教室で待つ子どもたちをも裏切ることになる。私の戻り道は、目の前の道をまっすぐに進む道だわ……。

洋子は小さくつぶやいた。そして目に溜まった涙を拭うと再びつぶやいた。さようなら、私の神戸、さようなら私の三宮、さようなら私の青春……。

それから、搭乗口の前のベンチに腰掛けて携帯を握った。時計を見る。夫へ、迎え頼むの電話を入れようと思った。大きく息を吐いた。涙が零れそうになるのを、必死で堪えて目を閉じた。

第四話　秋の旅

1

妻の圭子《けいこ》は、笑っているように見える。静かに笑みを浮かべている。たしか、次女の周子《しゅうこ》の結婚式の際のスナップ写真だ。礼装をしていて襟元は窮屈そうだが、晴れやかな表情をしている。泰造《たいぞう》は、やはり、この写真を選んで良かったと思った。

「圭子先生が、今にも話しかけてきそう」

「本当ね……、先生はいつでも優しかったからね」

圭子の二人の教え子は、香を立て、手を合わせた後、泰造の方へ向き直ると目に浮かべた涙を白いハンカチで拭った。

長女の由希《ゆき》が膳を運んで来て二人の前に置き、茶を淹れて差し出す。丁寧に会釈をして、礼を言う。

「母が、お世話になりました」

「いいえ、こちらこそお世話になりっぱなしで……」

「お母さんは、素晴らしい先生でしたよ」

「有り難うございます。どうぞ、ごゆっくりなさってください」

長女の由希は三十五歳になる。子どもも二人いる。すっかり貫禄がついた。圭子や泰造と同じように教師の道を歩んでいる。由希の夫も教職に就いている。思いやりのある夫で、なんの心配もない。

二人の弔問者の点けた祭壇の香が、圭子の写真を撫でるように昇っていく。二人は、圭子が大学病院へ入院しているときも、よく見舞いに来てくれた。泰造は圭子に二人を紹介されたのだが、なかなか名前を思い出せなかった。

「お忙しい中、有り難うございます。さ、どうぞお召し上がりください」

泰造は、二人へ礼を述べて、膳を勧めた。

「有り難うございます……」

「圭子先生が亡くなられて、もう一年になるんですねえ」

「ええ、早いもんです。あっという間に一年忌を迎えました」

そう言った途端、同時に二人の名前が脳裏に浮かんできた。

「康子さんと、美恵子さんでしたよね。家内が入院中にも、いろいろとお世話になりました。有り難うございました」

「いえ、いえ、何もできなくて……」

「家内は、お二人が見舞いに来るのを、とても心強く思っていましたよ。お二人とも、看護師さんでしたよね」

「ええ、そうです。でも、十分お世話ができなくて残念に思っています……。私たち、教え子同士で、輪番で先生を看護しようかと相談したこともあるんですけれど、実現できませんでした……」

「有り難うございます。そのお気持ちだけでも嬉しく思います。家内はきっと、お二人の気持ちを汲み取って、あっちの世界へ逝ったと思いますよ。家内の闘病生活は長かったですからねえ……」

「そうでしたねえ……」

「でも、家内が四年間も頑張れたのは、皆さんのお陰ですよ」

「いいえ、ご家族の皆さんが頑張ったからです……」

圭子は、四年もの間、病と闘った。膵臓癌だった。そして、最後は遂に闘い破れ、帰らぬ人となったのだ。

圭子に膵臓癌が巣くっているのが発見されたのは、圭子の勤める学校の定期検診だった。泰造にとっては突然のことで、驚き心配したが、初期の段階なので大丈夫治癒できるという医者の言葉を信じて、家族全員で圭子の病と闘った。

すぐに癌細胞を取り除く手術が施された。初めの一年間は経過も良好で退院をし、職場にも復帰したのだが、次の二年間は入退院をくり返した。そして最後の一年間は癌細胞が再発、肺に転移していることが分かり、再度入院した。健康な身体には戻れなかった。

　圭子と泰造の間には、二人の娘と一人の息子がいる。長女の由希に、次女の周子、長男の大《た》志《し》だ。病が発見された年には、二人目の娘の周子の結婚式があり、大志も、大学に入学した。目出度《めでた》いことが続いた年で、圭子は、それらの喜びをみなと分かち合いながら、その年の秋に入院した。

　今、考えると、急《せ》かすように周子の結婚式を挙げたのも、あるいは圭子には病の兆候らしいものが感じられていたのかもしれない。

　玄関の呼び鈴が鳴る。次女の周子が台所から立ち上がって迎えに行く。夕方になっても、まだ弔問客は途絶えない。圭子の教え子と、泰造の教え子、そして元職場の同僚たちが、親戚縁者に混じって大勢やって来た。泰造は五十八歳、圭子と同じ歳だが、教職に就いてから三十年余が過ぎていた。

「先生、お久し振りです……」

　今度は、泰造の教え子だ。五、六名が一度にどっと入ってきた。どの顔も馴染みの顔だ。

「先生、お元気でしたか」

　みんな、泰造に思い思いの挨拶をして、圭子の祭壇に向かう。

康子さんと美恵子さんが、慌てて膳を下げ、会釈をして席を立つ。

「どうぞ、もうしばらく、ごゆっくりなさっても……」

「いいえ、長居をしました。どうぞ、泰造先生もご無理をなさらずに、お体に気を配られて、頑張ってください」

「うん、有り難う」

「失礼します」

圭子の教え子たちは総じて礼儀正しい。しかし、泰造の教え子たちは、多くは連れ立ってやって来て、同窓会のようにやかましい。圭子を供養するというよりも、残された泰造を励まそうとしてくれている。もちろん有り難いことだ。

「先生、うまい酒が手に入りました。二十年物の泡盛です。後でいっぱいやってください」

焼香を終え、泰造の隣に座った健作が、にこにこと笑いながら声を潜めることもなく大声で言う。

「有り難う。みんな……、有り難うな」

泰造は一人一人の顔を、久し振りに眺めながら感謝の言葉を述べた。傍らの健作が、高校時代に煙草を吸って叱りつけたことを思い出した。今はM高校の教師になっているはずだ。泰造と同じ国語の教師で泰造を目標に頑張りたいと言ってくれた。

「健作、お前、煙草は吸わないのか。吸ってもいいぞ」

「高校時代に止めましたよ、先生と約束しました」

「そうか、そうだったか」

「でも……」

「でも、なんだ?」

「酒は、その分、多めに飲んでいます」

「高校時代から、健作は鍛えていましたからね」

隣の清が、健作を冷やかした。また、全員で大声で笑う。

泰造は、一気に目頭が熱くなってきた。歳を取り過ぎたせいか、急に涙もろくなった。過去の記憶や他人の優しさに涙腺が勝手に緩む。泰造は、みんなに感づかれないように、眼鏡を外し、そっと目頭を拭いた。

2

圭子には、闘病生活の四年間は長かったのではないかと思う。死は、ゆっくりとやって来た。それだけに酷《むご》い四年間であったようにも思う。死ぬことがあらかじめ決められているのであれば、あるいは圭子にそのような自覚があったのならば、泰造たちの励ましは重い負担になったはずだ。もっと早く解放してあげるべきではなかったか。泰造には、そう考えるときが一番辛い。

もちろん、圭子にとっても、家族みんなで力を合わせて病と闘った日々は、貴重で尊いものになったはずだ。泰造はそう信じている。そう思わなければやりきれない。娘の由希も周子も、息子の大志も、そして二人の娘婿も孫たちも最善の努力をした。このことを誇りに思っている。もう一度、彼岸の世界で家族が作れるのならば、この家族で頑張りたいと思う。

泰造と入院した圭子との会話は、そんな家族の日々の出来事の話に費やされた。圭子は、特に入院中に臨月を迎えた周子や、生まれた周子の子どもの世話をできないことを悔やんでいた。

「周子は、由希が世話をみてくれるから大丈夫だよ」

泰造は、何度もそう言った。

「そう言われてもねえ、由希には二人の子どもがいるし、何かと手がかかるだろうし……。なんでこんな、嫌な病気に取り憑かれたのかねえ……」

愚痴ることのない圭子が、周子のことになると大きくため息をついた。

圭子と出会ったのは、大学卒業後、最初の赴任校であった石垣島の県立Y高校だ。同じ年に同じ学校に赴任し、隣り同士の教員宿舎に入居した。担当教科は泰造が国語で、圭子は社会。大学は泰造が地元のR大学だったが、圭子は九州のK大学を卒業していた。

当時、石垣島には教員宿舎が三棟あり、本島から島にある四つの高校に赴任してくる教員へ便宜を図って建てられたものであった。一棟は家族向けで、他の二棟は、若い独身の女子教員と男子教員用に用意されていた。両棟は、「独身寮」と呼ばれ、何かと交流が盛んだった。異郷の地での寂しさを紛らわすためでもあったのだろうが、今で言う「コンパ」のような集いが度々あった。

「竹富島《たけとみじま》に一緒に渡ってみませんか?」

もうすぐ一年目の年が終わろうという秋の連休の日だったと思う。二人だけの時間を持ちたいと最初に声を掛けたのは泰造の方からだった。

圭子は、少し戸惑いを見せたが、すぐに首を縦に振った。

「あのとき、お前が首を横に振ったら、たぶん一緒になれなかっただろうね」

「一瞬、断ろうかと思ったのよ。でも、竹富島と聞いて、うっかり首を縦に振ってしまったの」

「おいおい、うっかりなのか。私の誘いでなくて竹富島に誘われたのかよ」

泰造は、たぶん、必死の思いで圭子を誘ったのだ。思い出話に興ずるときは、必ず最初の秋のデートのことが話題になる。二人ともまだ若かった。

それから泰造は、圭子を誘って度々石垣島周辺の島々を渡り歩いた。圭子は話をすればするほど魅力的で知的な女性だった。若い女子教員たちが、ややもすると流行を追った服装や化粧をするのに目もくれず、胸元や裾がきちっと締まった服や、肌を露出しない服の着こなしも気に入っていた。

二人一緒の姿を見たという噂は、狭い島でアッという間に広まった。二夏めを迎えていたが、泰造は圭子との結婚を考えるようになっていた。島の港近くの防波堤へ釣りに誘ったとき、圭子へプロポーズした。

圭子は、今度はためらいを見せずに、すぐにうなずいてくれたと思う。そして、顔を上げ、しっかりと泰造を見つめて言った。

「私ねえ、意外と独占欲が強いのよ」

それが、圭子の返事だった。目には涙を溜めていた。

「よろしくね」

圭子はそう言うと、泰造の腕を取り躊躇うことなく凭れかかった。泰造は慌てて周りを見回した。胸元に温かい圭子の体温を感じ、優しい息遣いを感じた。長い黒髪の匂いが甘く鼻腔をくすぐった。泰造も肩に手を回し圭子を幸せにしたいと思った。

結婚した後、圭子は言葉とは違い、独占欲が強いと言う素行を一切見せなかった。泰造も、圭子のことで愛情を疑ったり不安になったりすることは一度もなかった。

職場で結婚することを宣言してからは、さらに一緒に小さな島々を巡り歩いた。小さな旅であったが圭子と一緒に見る風景にはいつも新鮮な驚きがあった。自分自身の心の奥に隠れている風景をも含めて、新鮮な発見が何度もやってきた。圭子と一緒にいるといつも楽しかった。人生には喜怒哀楽を共にする良き伴侶を持つことが必要なんだと思った。それが泰造にとっては圭子のように思えた。週末になるのが待ち遠しかった。釣り竿も二本用意した。沖縄本島に戻るときは、飛行機の切符を一緒に買った。

「お父さんは魚を釣らずに、私を釣ったのよね」

圭子は、子どもができてからは、泰造のことを、お父さんと呼ぶようになった。入院中にも、石垣島のころの話になると、なぜだか勝ち誇ったような笑みを浮かべ、泰造を冷やかした。もちろん、泰造にも思い浮かぶことは数多くあった。

「あの日は、魚は釣れたんでしたか？」

「どの日？」

泰造は知らんぷりを決めたが、圭子は容赦しなかった。

「防波堤で、私にプロポーズした日」

「いや……、釣れなかった、と思う」

「ね、そうでしょう。何も釣れなかったでしょう？」

圭子は防波堤での思い出話になると、いつも泰造を冷やかした。圭子はその日、おにぎりを作り、コーヒーを持ってきた。泰造は、おにぎりの入ったカバンをルアーで引っかけて、海へ落としてしまったのだ。圭子はその話をしていつも笑い転げる。よっぽど可笑《おか》しかったのだろう。そのときに笑ったはずなのに、まだ笑いが足りないかのように笑う。

「プロポーズ前に、そのへまを見なかったら、私、返事を渋っていたと思うよ。きっとそうだったわ。そのへまを見て、可笑《おか》しくなって、この人と一緒に歩もう。そう思ったの。人生って不思議ね」

「私のプロポーズが嬉しくて、冷静さを失ったんだろう」

「それは、お父さんの解釈ね。そうかもね、そうでないかもね。でも、あのカバン、どうしたんでしたか、泰造さん？」

「海に飛び込んで、拾い上げました」

「おにぎりは、びちょびちょ。でも感心したよ。泰造さんの必死さ。ずぶ濡れの勇姿」

「笑いっぱなしだったじゃないか」

「そりゃね、泰造さんがあまりにも一生懸命なんで、可笑しくて可笑しくて……。でも、私が突き落としたって噂が流れたんだよね」

　そうだった。ずぶ濡れになって帰ったのを、島のだれかに見られたんだ。結婚宣言の前だったし、二人のことが噂になっていたから格好の標的にされたのだ。

「泰造は早まったかって、噂が流れたんだったな」

「血迷ったか、でしょう。私、同僚に何があったのって、さんざんに質問責めにあったよ」

「あの日は、本当についていていなかった」

「えっ？」

「いや、目的は、しっかり果たしたさ。お前を釣り上げることができたし……」

「やっぱりねえ。魚を釣るのが目的ではなくて、私を釣るのが目的だったのね」

圭子が、病室のベッドに背中を凭れながら満面に笑みを浮かべて笑う。二人で病室に居ると、こんな懐かしい話が鮮明に蘇ってきて、いつの間にか日が暮れていることもある。思い出は人を優しくする。

「いろいろ、あったわねえ……」

そうだ。いろいろあった。島を出る三年目の夏に結婚式を挙げ、由希が生まれた。沖縄本島への赴任が決まり、それから周子と大志が生まれた。二人の生活は、すぐに子ども中心の生活へと変わっていった。住宅を那覇市の近郊に求め、ローンを組んで購入した。幸せな日々だった。

泰造は、そんな幸せな日々が永遠に続くと思っていた。圭子の病で閉ざされるとは思ってもみなかった。圭子を失ってからの一年間でめっきり涙もろくなったし年老いた。圭子の遺影を眺めては、もっと圭子を大切にすればよかったと後悔ばかりが募ってくる。

圭子は、死が訪れる一週間ほど前から自力で呼吸ができなくなった。酸素マスクが当てられ、床ずれが始まり背中が爛れた。定期的に圭子の喉から痰が取り除かれたが、もう二度と、言葉を発しなかった。

「私、思い出をいっぱい持って、待っているよ……」

それが、圭子の最後の言葉だった。泰造は大きくうなずいた。

愛するとは、思い出を共にして生きるということなのだろう。日々の出来事をどれだけ深く心に留め置くことができるかということなのだ。愛する人が傍にいれば思い出も二倍になる。思い出は人生を豊かにする。それもできなくなるのだ……。

泰造の手を握った圭子の目から涙がこぼれ、手の力がだんだんと弱まっていった。泰造は溢れそうになる涙を必死で堪えた。

3

泰造は、圭子の遺影に、毎朝、出勤前に香を立てるのが日課になった。香を立てるだけでなく、最近はいつまでも圭子に小さく語りかけている。大志に注意されて気づき、慌てて腕時計を見ることもあった。

朝食は、大志が作ってくれた。大志は大学を卒業してすぐに地元の市役所に就職したが、まだ独身だった。朝食と言っても、二人はパンとコーヒー、そして、サラダや卵焼き、ハムなどと、簡単に準備できるもので済ませている。その朝食前の短い時間を利用して、泰造は圭子に語りかけていたのである。圭子が元気なころも、朝食はパンが主だったから特に苦にはならなかった。苦にはならなかったけれど、二人だけの朝食はやはり寂しかった。

夕食も大志が準備することが多かった。時々は二人の娘のうちのどちらかがやって来て、夕食を作ってくれることもあった。また、娘たちは家族ぐるみでやって来て、料理をし、一緒に食事を取ることもあった。泰造は二人の娘の優しさを感じて嬉しく思ったが、孫や婿たちに気を使うことも多く、申し訳ない気持ちだけが先走って食事どころではなかった。

泰造と大志の生活は、圭子が入院しているときと、基本的にはどこも違う訳ではなかった。だが、圭子が入院中も圭子のいない生活に慣れていたとはいえ、圭子が死んだ後の生活に慣れていた訳ではない。圭子が入院してこの場所にいないということと、死んでこの場所にいないということとは決定的な違いがあった。

この違いは、泰造の学校での生活にも、微妙な影響を与えていた。子どもたちの言葉が記憶に残らなくなって何度か子どもたちに不思議がられた。毎日、毎日、繰り返される日々の中で、目的を失い、虚しい気分だけが募っていった。圭子を失って初めて圭子の存在の大きさを知った。愛する人を失うこととは無力になることかと気づいたが、もう時間は戻せなかった。

泰造は、学校にいるときは、つとめて圭子のことを忘れ、子どもたちと向き合おうと思った。だが、圭子も教師であったのだ。子どもたちの背後には、いつも圭子の姿が立ち現れ笑みを浮かべた。そんなときは、余計に圭子を失った無念さが大きくなり、込み上げてくる熱い思いを隠せなかった。慌てて家に帰り、圭子の遺影に手を合わせ、香を焚き、たくさんのことを圭子に語りかけた。

「泰造先生、最近、何だか変ですよ」

同僚の教師に、そんなふうに声を掛けられたとき、いよいよ限界かなと思った。定年退職まであと三年を残していたが、そろそろ引退のときが来たかと思った。取り立てて大きな借金があるわけでもないし、早めに退職するのも悪くないと思った。ただ、早めに退職しても何をして毎日を過ごすか。このことが不安で、ちらちらと頭をかすめた。困ったときは、いつも圭子と相談していたのだが、その圭子がいなかった。

泰造は、香を焚いて圭子を呼び寄せた。

「母さん……、少し疲れたよ。早めに休んでもいいかねえ。残りの時間、母さんを供養する時間に充てるから、早めに退職するよ。それでいいかねえ……」

子どもができてからは、泰造も圭子もいつしか「父さん」「母さん」と互いに呼び合っていた。

「じいじ、ばあば」と呼び合う期間は少なかった。

香の煙は、泰造の前でまっすぐに昇った。願い事が叶えられるのは煙が揺らいだときだったか、まっすぐに昇るときだったか。だれかがそんなことを話していたような気がする。どっちの方だったかは思い出せない。

「母さん……、教職に就いてから三十三年だよ。長かったのかなあ、短かったのかなあ。私は母さんのお陰で病気一つしなかったのになあ、私の病気まで、みんな母さんが背負って逝ってくれたんだなあ」

泰造はそんなふうにつぶやきながら、圭子の写真を見つめた。

「三人めの孫もできたというのになあ」

思わず堪えていた涙がこぼれてくる。後ろのポケットからハンカチを取り出し、涙を拭い鼻をかむ。若いころは、少し無理をしても二人で励まし合って生きてきた。過去は未来を歩むための滋養になる。今を生きるとはそう信じて前を向いて歩むことだ。そんなふうに信じていたころは、毎日が楽しかった。しかし、そんな過去も未来も、泰造にはもうおぼろなものになっている。

「お前は、さぞ無念だっただろう。人一倍子ども好きなお前だったからなあ。我が子は、ほったらかして、学校の生徒のことばっかり。二人の喧嘩と言えば、そんなときぐらいだったかなあ……」

いや、そう言われたのは泰造だったかもしれない。圭子にそう言われて冷やかされたのだ。周りからも似た者同士の夫婦だと噂されたのだ。

泰造の面前に、学校で教えた何名かの子どもたちの顔が次々と浮かんできた。部活で面倒をみた子ども、進路で何度も相談をした子ども、オートバイで大怪我をした子ども、圭子と二人で、仲人役を引き受けて結婚式を挙げた子どももいる……。

泰造が退職することに心が傾いたのは、もう子どもたちの現在や未来を考えることよりも、自分の過去のことを、ぼんやりと考えるようになったからだ。真剣に、子どもたちと同じ目線で今を考える気力と想像力に衰えを感じたからだ。未来を考えてもどこか上の空で、うまく子どもたちの未来の映像が結べなくなったのだ。

圭子の告別式や一年忌に弔問に来てくれた教え子たちの面々が、再び鮮やかに蘇ってきた。

「先生、俺、先生のような教師になるよ」

「俺、先生に叱られたこと、今でも覚えているよ。進路で悩んでいるとき、何、ビビッテいるんだって叱られたよ。俺、あの一言で、大学受かったようなもんだ」

「私は、勉強だけするな。周りを見ろって叱られた」

「私は、誉められたよ、人の嫌がることをお前はやる。いい嫁さんになれるよって」

泰造の前には様々な子どもたちがいた。成績の話をすると決まって涙を流した真理子、どうしても医者になりたいと言って志望を変えなかった光太郎。アメリカに留学したいと必死に訴えた理恵。みんなどうしているんだろう……。

「美紀子は離婚したそうよ。何だか子どもを抱えて大変みたい……」

「美紀子って、あの北海道大学の医学部へ進学した仲田美紀子のことか？」

「そうよ。あのバスケ部で頑張っていた美紀子よ」

泰造の脳裏に、ふと一年忌のときにやって来た教え子たちが、目の前で交わしていた会話が蘇ってきた。そして、思わぬ言葉が口から出た。

「母さん……、退職して、私の可愛い子どもたちのところを訪ねてみようかなあ」

泰造の何気なく発した言葉は、徐々に泰造自身をその気にさせていた。

4

卒業した子どもたちのところを訪ねたいという泰造の思いは、徐々に膨らんではっきりとした形をとるようになっていた。もちろん、県内ではなく県外の大学に進学した子どもたちや就職をした子どもたちのところである。

泰造の三十三年間の教師生活の中で、県外の大学や専門学校に進学したり就職したりした生徒は、たぶん数十人はいるだろう。いや百人を超えるかもしれない。その子どもたちの消息を尋ね、激励することが、教師としての最後の仕事になるような気がした。

「父さん、それはいいことだよ。のんびりと温泉にでも浸かりながら、ゆっくりと旅をしてくるといいよ」

大志は、泰造が計画を話すと即座に賛成してくれた。

「私のいない間、迷惑をかけるなあ」

「いないから迷惑は掛からないよ。心配しないで一年ぐらいかけて、ゆっくりと各地を巡ってくるといい。教師生活の疲れもとってくるといいよ。姉さんたちには、ぼくから話そうか」

「いや、私からきちんと話すよ」

「そうだね、その方がいいね。でも父さんがいない間、母さんが寂しがらないかなあ」

「いや、母さんも一緒に連れて行く」

「えっ？」

そうなのだ。この計画が頭に浮かんだときから、圭子と一緒に行こうと思っていた。

「母さんの写真を一緒に持って行く。母さんも旅が好きだったから、きっと喜んでついてきてくれると思う。同行二人だよ」

「そうか……、そうだね。でも母さんの病気は治っているのかな」

大志が神妙な顔で、とんでもないことを言った。

「背負ってでも、連れて行くさ」

「そうだね。母さんは父さんのこと大好きだったからね、這ってでもついて行くかもね」

泰造と大志は、現実離れした互いの会話に、二人で声を上げて笑った。

泰造の脳裏に圭子の思い出が浮かんできた。二人で幼い大志や由希、周子をつれて、本島周辺の島々や、中国、韓国などの外国をも旅したことが思い出される。退職したら、もう一度、みんなで旅をしようねえと話していたのに……。思わず無念さが込み上げてくる。

「父さん、スマートフォンを練習したらいいよ。そうすれば安心だからね……。行くまでにスマートフォンを買って使い慣れてよ」

「うん、そうだね、そうするか」

「父さんが帰って来るころには、ぼくの結婚式だね」

「えっ、お前、彼女がいたのか？」

「そりゃ、いるさ。……母さんが退院したら皆に紹介しようと思っていたけれど、延び延びになってしまったんだ」

「明日、連れてこい、明日。そうすりゃ、父さんも安心だ。安心して出発できる」

「明日って……、父さん、あさって出発するわけじゃないでしょうが」

「そりゃ、そうだが、父さんが出発するまでに、是非紹介してくれ。母さんの一年忌も開けたからな。なんなら出発前に、結婚式を挙げてもいいんだぞ」

「うん、有り難う、父さん、考えてみるよ」

泰造は嬉しくなった。そして、本当に大志にはすまないことをしたと思った。彼女とは何年間の付き合いかは知らないが、母さんの病気での入退院や死亡後の法事で、結婚式を挙げるタイミングを失ったかと思うと、一日も早く娘さんに会ってお礼を言い、謝りたいと思った。

由希と周子に電話をして大志の恋人の話をすると、泰造と同じように喜び、そして同じように一日も早い挙式を望んだ。二人はすぐに我が家に飛んで来た。

「母さんを亡くしてから、父さん落ち込んでいたから、これで元気になれるね。心配していたんだよ。父さん、大丈夫だよね？」

「大丈夫だよ。それより、退職まではあと半年はある。出発までには、あれやこれやの準備でさらに半年はかかるだろう。その間になんとか大志の結婚式を挙げられないものか、二人で考えてくれ」

「分かった、今年の暮れか来年の初めごろには結婚式ができないかどうか、大志に相談してみるよ。私たちにも嬉しいことだからね」

由希が、泰造の言葉に大きく相づちを打つ。

「うん、そうしてくれ。そうすれば、私も心置きなく母さんと一緒に旅ができる。娘さんを迎える準備をするにしても、私にはよく分からない。母さんがいたら……」

泰造の言葉に二人の娘の表情が一瞬曇った。二人の娘にとっても、当然かけがえのない母親であったのだ。

娘たちの表情にたくさんの圭子がいる。泣き顔や微笑んだ顔、二人とも母さんそっくりだ。

「母さんがいたらねえ」

「母さんにも、大志の花嫁さんを見せて上げたかったたねえ」

二人の娘の沈んだ言葉に泰造が励ますように言う。

「お前たちは二人合わせて一人前だ。二人で大志の面倒をみてくれ。よろしく頼むよ」

「えっ、何？　それ」

「二人合わせて母さんの一人分だ」

泰造の言葉に、二人は苦笑を浮かべ、顔を見合わせてうなずく。

泰造は、学年度いっぱいで退職することを学校長に伝え、事務的な手続きの取り方を事務長に教わった。学校長は、あまり早い時期に公言するのは子どもたちにも動揺を与えるだろうということで、このことは年明けまで封印された。

その一方で、泰造は着々と子どもたちを訪問する計画を進めた。圭子を失って、ぼんやりと日々を過ごしていたころと違って、将来に目標があるということは、なんとも一日一日を充実したものにする。当然のことではあるが、この歳になって初めて具体的に実感することだった。この充実感を、残り半年の教員生活で子どもたちに伝えよう。夢を持つことがどれほど大切なことか。それを説き、子どもたちの夢の実現に精一杯力を貸そう。そんなふうに思った後、こんなときにも学校の子どもたちのことを考える自分に苦笑した。長く身に付いた教師としての習性だろう。

年が明けると、少しずつ旅の準備を始めた。弔問に来て仲田美紀子のことを話していた教え子たちに連絡をとり呼び集めた。レストランで食事をしながら、泰造は計画を話し、県外の教え子たちの情報を集めた。

「先生、みんなきっと喜ぶよ。みんな先生のこと大好きだったからね」

「先生、私も、ついて行きたいなあ」

「先生の旅を、ここからここまでは私、ここからここまではあんた。そんなふうに計画できないかなあ」

「おいおい、介護の旅じゃないよ」

教え子たちは、泰造の計画を聞くと、友人たちの情報よりも泰造の計画に関心を寄せた。

もちろん、泰造は、気ままな旅だからと申し出を断った。訪ねる子どもたちにも、なるだけ事前に連絡もせずに行く。どこで何日間滞在するかは分からない旅だと言った。

「先生、何だか若返ったみたいよ。奥さんを亡くしてから元気なかったから、私たちも心配していたんだよ」

「うん、みんなには心配を掛けた、ごめんね。でも、もう大丈夫だよ。それに……」

「それに、何なの？　先生」

泰造は躊躇していたが、思い切って言い継いだ。

「先生は、やっぱり最後まで先生だ。みんなのところを訪ねていくのが本当に楽しみだよ」

「みんなの元気な姿を見て、元気になって帰って来るんだね、先生」

「うん、そうだね、みんなの頑張りを貰ってくる」

「先生、覚えているかな、先生、いつも言っていたよ。夢が有意義な毎日を作るって」

「希望が明日への牽引力になるって」

「そうだったわね、生きることは、希望に向かって一歩を踏み出す勇気の積み重ねだって」

「そうだったかな」

「先生、なんだか本当に楽しそう」

泰造は、その日、久し振りにビールを飲んだ。数人の教え子たちと一緒に、その後は華やかな話題で盛り上がった。目の前の子どもたちとの思い出が次々と浮かんできた。

圭子と一緒だよ、妻の写真を持っていくんだ、そう言おうと思ったが、やはり照れくさくて言い出せなかった。家に帰ったら、なんだか圭子に謝りたかった。

5

泰造にとって、三学期の終業式が離任式になり、子どもたちへの別れの挨拶をする機会になった。生徒会の代表者から花束を貰ったときは、さすがに涙がこぼれそうになった。これでもう教師生活は終わりだ。教室や校庭で二度と子どもたちの元気な声を聞くことはないと思うと、やはり感慨深かった。

子どもたちは、泰造が退職することを、うすうす感づいている者もいたが、初めて知る者も多く、涙を滲ませて泰造の元に別れを告げに駆け寄って来た。圭子の看病や法事のことなどで、最後の一年間は子どもたちに迷惑を掛けたのではないかと気がかりだったが、子どもたちは理解をしてくれていた。その話題になっても励まされた。泰造の方が、むしろお礼を言いたかった。

「先生、頑張ってくださいね」

「泰造先生、現代詩の授業、面白かったよ。俺、詩を書き始めたんだ」

「先生、夏休みには遊びに行ってもいいかな」

泰造は、クラスの子どもたち、みんなを抱きしめたかった。実際、涙ぐんでいる数人の子どもたちの肩に手を置いて、抱きしめたはずだ。

三十三年間の教師生活を泰造はいつも子どもたちと一緒だった。それは誇りにしてもいい。教職に就いた最初のころは、あれも駄目、これも駄目、と子どもたちへ学校の規則を押しつけるばかりの教師だった。三年目ごろだったと思う。生徒会の顧問をした。子どもたちの柔軟な発想に驚いた。子どもたちの方が正しいと思った。

泰造の子どもたちへ接する姿勢は一変した。生徒会行事等を企画運営する際も、これは駄目からスタートするのではなく、子どもたちの意見を尊重することからスタートすることができるようになった。もちろん、学級経営でも同じだった。

途中、管理職への道を歩むことを先輩から勧められたが断った。大学を卒業する際に、一教師として歩むことを決意して教職に就き、一教師として終えることを信条として頑張ってきたのだ。

泰造は、いわゆる団塊の世代である。六〇年代末の学園闘争や安保闘争の真っ只中の大学生活へ飛び込み、政治的な洗礼を受けた世代だ。

教職に就いてからも、国家権力や、教育のシステムに懐疑的になることも多かった。泰造は独自の郷土教材を開発し、授業でも積極的に郷土の文学や言語文化への関心を持たせるような工夫もした。教職員組合の活動に共感し積極的に支援もした。体制の側へ加担することは泰造の倫理観が許さなかった。古い型の人間かもしれないが、このようにしか生きられなかった。このように生きた三十三年間に悔いはなかった。

午後からは、職場の同僚が泰造のいる国語科室へ入れ替わり立ち替わりやって来て別れの言葉を述べた。泰造は一人一人に丁寧に礼を述べた。

家に帰ると、クラッカーの音で迎えられた。突然のことで驚いた。

「じいじ、お疲れさま」

「おじいちゃん、おめでとうございます」

「長い間、お疲れさまでした」

由希や周子たちの演出だ。孫たちも、小さな手で力一杯クラッカーを引っ張り、練習したであろう口上を泰造へ述べた。

「有り難う」

泰造は、思わぬ歓迎に、熱い思いが込み上げてきた。その思いや照れを隠すように、三人の孫の頭を撫で、一番下の孫になる周子の息子を抱き上げた。

応接間は綺麗に片づけられ飾り付けがなされていた。テーブルには、すでに食事の用意がなされている。

「姉ちゃんと、一緒に腕を振るったのよ」

周子が、並べられた料理を得意気に自慢する。どうやら、由希と二人は、示し合わせて職場を早退したらしい。

「お父さん、お疲れさま」

大志が笑っている。その傍らには弥生さんもいる。弥生さんは春先に結婚したばかりの大志の嫁さんだ。二人の娘が頑張ってくれて結婚式や披露宴の段取りをしてくれた。弥生さんも微笑んでいる。

「父さん、弥生さんも、手伝ってくれたのよ」

「うん、弥生さん、有り難う、すごいご馳走だね……」

母さんも……、と言おうとして泰造は言葉を飲み込んだ。母さんもこんなふうに、みんなで退職祝いをしてあげたかったと言おうとしたのだ。もちろん、圭子が元気で退職することができたら、きっとこういうことができただろう。みんな気持ちの優しい子どもたちだ。

しかし、この場で圭子のことを持ち出して、みんなを悲しい気分にさせることはないと思った。

「母さんの、不幸せ者が……。さっさと逝きやがって……」

泰造は、目頭が熱くなる思いを隠すように心の中でつぶやいた。

「弥生さんは、すごく料理が上手なのよ、父さん」

「そうか、大志はよかったな、料理の上手な嫁さんをもらって」

「うん、姉さんたちよりは上手だと思うよ」

「何、言っているのよ、大志は……。早くも、おのろけ？」

「そうなるのかなあ、事実を言っているだけだがなあ」

「違う、違うわよ、私は、サラダと、スープを作っただけなのよ」

弥生さんが慌てて大志の言葉を打ち消す。みんなのやりとりが微笑ましい。実際、子どもたちはみんな楽しそうだ。

ピンポンと玄関のチャイムが鳴る。遅れていた周子の連れ合いの高志君がやって来たのだ。

「さあ、これで全員集合だな」

「父さん……、始める前に、母さんに報告して」

「うん、そうするよ……」

泰造は、由希の言葉に線香を手に取った。みんなが泰造の後ろに並んだ。

6

一番目の訪問地は、やっぱり北海道にした。離婚した仲田美紀子が一人息子を抱えて頑張っているという。その美紀子を激励したいと思った。

泰造は、H高校で美紀子が一年生のときに担任をした。三年生のときには、担任を外れて図書館の係をしていたのだが、進路のことでよく図書館まで相談に来た。バスケット部のキャプテンをやりながら勉強も頑張る。文武両道に優れた明るく聡明な子であった。

ただ、素朴で無邪気なところもあり、泰造の前で、いきなりスカートの裾を捲りあげたときは驚いた。

「先生、バスケの練習で、怪我しちゃった」

黒い痣になった太股を指差す美紀子に、泰造はうろたえて目のやり場に困った。

医学部への進学を志望していたが、やや躊躇しているところもあった。三年生になっても進路の相談に来る美紀子に、泰造は担任の仕事に差し障らない範囲で、挑戦することを勧めた。

結果的には一浪して北海道大学医学部に合格した。大学卒業後も、しばらくは大学病院に残っていたはずだ。

美紀子とは、大学入学後も、数年間メールのやりとりや、年賀状のやりとりがあったが、闘病生活を続けている圭子の見舞い等、慌ただしさに紛れていつの間にか疎遠になっていた。

美紀子の実家に電話すると、母親が出た。母親は泰造のことを、しっかりと覚えていた。

「お久し振りです、泰造先生……。お元気でしたか」

泰造も懐かしさが込み上げてきた。確か美紀子の母親は、泰造と同じ歳ごろだったはずだ。面談の時の気さくな人柄と面長の笑顔が蘇ってくる。

泰造が、北海道の旅をするついでに、美紀子を訪ねたいと告げると、喜んで電話番号等、連絡方法を教えてくれた。

「美紀子が喜ぶと思います。大学生のころは、帰って来る度に、先生の所へ行きたい、先生の所へ挨拶に行きたいと言っていましたから……。先生は、もう学校も移られたのだから、遠慮しなさいと、何度たしなめたことか……」

「そうでしたか……。美紀子も、ちょっと苦労しているようですが」

「先生……、有り難うございます」

美紀子の母親の声が、上擦ってきた。

「どうして、こんなことになったのか……」

「お母さん、美紀子に会ったら、北海道からお母さんへ電話します。私が帰って来たら、報告会を持ちましょう」

「有り難うございます。先生……」

母親の涙声に、泰造は慌てて電話を切った。健気で明るかった美紀子の母親も、子どものことになると同じだと思った。そうなんだ。みんな同じなんだ。泰造が、三十三年間の教師生活で得た教訓だ。子どもに対する親の愛情は沖縄のことわざにもあるように「天ヌ星モ、ムティクユン（天の星も、もぎ取って与えてやる）」だ。そんなふうに譬えられるほどなのだ。

美紀子と同じように、他の教え子たちのことも、古いアルバムや卒業生名簿等から、進学先や電話番号などを、地元にいる教え子たちに電話をして確認した。また、美紀子と同じように、時には本人の実家に電話をして情報を収集した。だれもがみな、泰造のことを思い出してくれて協力をしてくれた。

ただ、気ままな旅であったので、正確な訪問日と時間を前もって知らせることができないことを詫びた。また、その方がいいとも思い、子どもたちには自分から連絡するので、気を使わないで欲しいと念を押した。

ところが、親たちは電話を切る前に、多くは愚痴をこぼしながら、泰造へお願いまでした。

「先生、娘は今、横浜にあるM社の研究室にいます。女の子なのに、いつまでも独身で研究ばっかり……、先生、叱って下さい」

「先生、息子は信州の山の中のホテルで、板前をしているのですよ。大学を卒業したというのに、何が面白いのか……。女に騙されたんですよ。情けなくって……」

「先生、娘は大阪で教員をしています。沖縄に戻って来るように説得してください。お願いします」

子どもたちは様々な仕事に就き、頑張っていた。だが、親たちにとっては、自分の近くにいないということが、寂しくもあり不満でもあるのだろう。

しかし、愚痴をこぼしながらも、みんな我が子のことになると、明るく誇らしげに現状を報告してくれた。これでは激励をするどころか、やはりたくさんの元気を貰って帰って来られそうな気がする。また、多くは元気な子どもたちこそが異郷の地に残って頑張っているようにも思われた。

息子の大志は、結婚をすると家を出てアパート住まいをしていたが、泰造の旅行中に台所などに大工を入れて改造し、弥生さんと一緒に、この家へ移り住みたいと申し出てくれた。

泰造の方からアパート住まいを勧めたのだが、二人がそれでいいのなら、そうしてもいいと言った。むしろ感謝したいぐらいの気持ちで礼を述べた。そして出発までには書斎を整理すると約束し、住宅の改造は一切大志に任せると言った。

出発は秋と決めた。夏までに準備を整え、暑い日射しを避けて秋がいいだろうと思ったからだ。どうせ行くからには、沖縄では見られない秋の紅葉を見たいとも思った。また、圭子を竹富島に誘った最初の旅も秋だった。

泰造の出発日が近づくにつれて、由希や周子は頻繁に泰造を訪ねてきた。旅行の準備をあれこれと手伝い、小物を買い揃えてくれた。

「母さんは北海道へ行ったことがあったかしら」

泰造が、北から南下したいと具体的なプランを述べると、周子が首を傾げながら尋ねた。

「いや、それはなかった。大志が大学に合格して運転免許を取ったら、みんなでレンタカーを借りて、北海道旅行をしようと計画を立てたのだが……、実現出来なかった」

そうだった。年明けに計画したその年の春の定期検診で、圭子の病が見つかったのだ。

「大志も、北海道はまだ行ったことがなかったんじゃないか」

「俺は、修学旅行で行ったよ」

「あっ、そうだったか」

「父さん、しっかりしてよ。これから長い一人旅になるんだから」

大志がテレビを見ながら笑って泰造をたしなめる。泰造も首を竦めて笑って周子を見た。

「なあ周子、母さんはね、一度は北国で生活してみたいなあって言っていたよ。北国に憧れていたんだ。知っていたか？」

「ええっ、そうなの？　知らなかった。そうだとすると、母さん喜ぶねえ」

「うん、喜ぶと思う。退職したら、一、二年は移り住みたいねえって、何度か話したこともあったよ」

「本当なの……」

「うん、本当だ」

周子が、その後で、怪訝な顔で泰造を見る。

「父さん……、まさか、もう帰らないなんて言わないでしょうね」

周子の半ば冗談っぽい不安顔を無視し、泰造は一緒に持っていく圭子の写真に目を遣った。写真は、仏壇の遺影とは違うのを選んだ。今はケースに入れて、机の上に立てている。二人でシルクロードを旅したときの写真で、軽装をして笑みを浮かべている。

泰造の秋の旅は、およそ半年の予定で、十五名ほどの子どもたちをリストアップした。もちろん、リストアップした全員に会えるとは思わない。人数が減っても、あるいは途中で新しい情報が加わって増えても構わなかった。

しかし、周子の冗談っぽい口調の問いかけを無視したのは、あるいはこのまま、圭子の写真を抱きながら旅の途中で倒れてもいい。悔いは残らない。そんな妄想とも思えるような考えが徐々に膨らんでいくのを感じていたからだ。

7

九月の終わりにやってきた台風が本島をかすめて北上した。その後に、秋の気配を感じさせる涼しい風が吹き出した。いつの間にか熊蟬の鳴き声も聞こえなくなっている。

十月一日、泰造は満を持して、子どもたちを訪ねる旅へ出発することにした。

「無理することは、ないよ」

泰造は娘たちにそう言って見送りは断ったのだが、長女の由希と、嫁の弥生さんが空港まで送ってくれた。

弥生さんは、半年余の間に、もうすっかり長男の嫁として泰造の家族に馴染んでいた。泰造も、弥生さんの明るい性格を気に入っていた。大志と二人で、頻繁に泰造の面倒を見にやって来ていたが、アパートを引き払って泰造と一緒に住みたいと言ったのは、弥生さんの方からであったようだ。嬉しかった。泰造は、これで心置きなく旅立てると思った。

「お父さん、忘れ物は、ないでしょうねえ」

「うん、大丈夫だ」

「お父さんは、いつでも大丈夫だが口癖なんだから。本当に大丈夫なんでしょうねえ」

いつの間にか、由希の前では、泰造は子ども扱いされていた。だんだんと由希の言葉や仕種が死んだ圭子に似てくる。

「お前は、だんだんと母さんに似てきたなあ。でも、もの言いだけは、ちょっと違うな。母さんはもっと優しかったよ。どうしてかなあ」

「母さんは高校の先生、私は小学校の先生。その違いよ」

由希が、ぶっきらぼうに返事をする。ひょっとしたら、泰造は気づかなかったけれど、案外由希が言うとおりかもしれない。小学校の先生は大声を張り上げなければ、やんちゃな子どもたちの指導はできないかもしれない。

「お父さん、気をつけていってらっしゃい。体調が気になったら、いつでも戻って来て下さいね」

弥生さんが、泰造に気を遣ってそう言う。

「うん、大丈夫だよ」

「ほら、また大丈夫だよ。母さんの写真は、ちゃんと持ってるの？」

傍らから、由希が、弥生さんの言葉を受け継ぐ。

泰造は黒いリュックサックを叩いて由希に示した。由希に買ってもらったものだ。

「うん……、このカバンの中だ」

それから、自動改札機で由希に交換してもらった航空券を手に持って、二人に別れを言い、手を振って改札口を通過した。二人の姿が見えなくなると、いよいよ始まるのだと実感した。

搭乗口前のフロアのシートに腰を下ろすと、ノートを開いた。訪問する子どもたちの名前を確認する。何か月かかるだろうか。おおよその予想をつけただけの気ままな旅だったが、弥生さんに気遣われたように、あとは体調との勝負だ。幸い泰造は健康には自信があった。高校生のころからソフトテニスをやっており、大学時代も続けた。そして教員時代もずっとソフトテニス部の顧問をした。無茶をしなければ健康を損なうこともないだろう。

出発までにはまだ少し時間があった。泰造は黒いリュックサックを開けて圭子の写真を取り出した。手荷物は一個カウンターで預けたが、身の回りの貴重品はリュックサックに入れた。

圭子の写真は、もっと小さくして手帳に挟んでおくこともできたが、なんだかそうすることが憚られた。理屈では説明できないのだが、あまりに小さくするのは不自然に思われ、圭子でなくなるような気がしたのだ。せいぜいが葉書ほどまでで、その写真をケースに入れて持ち歩くことにした。

圭子は笑っていた。シルクロードの旅の途中で、泰造たちの一行が西域の町トルファンに着いたときの写真だ。トルファンには、夜の八時過ぎに着いた。しかし、それでも陽は落ちず、ホテル前の葡萄棚の下には爽やかな風が吹き渡っていた。その葡萄棚の下で撮った写真だ。

シルクロードの旅をしたのは子どもたちが生まれる前だったから、今からもう三十年ほど前になる。結婚をして石垣島にいた三年目の夏だ。教職員組合が募集したツアーだったが、社会科教師の圭子は強い関心を示した。いっそ新婚旅行にしようと言い出したのは泰造だった。二人にとっては初めての海外旅行であった。

写真の圭子は、珍しく勇ましい姿をしている。首に水色のハンカチを巻き、ポケットからはサングラスがこぼれている。砂塵対策だったのだろうか。到着後には、すぐに葡萄棚の下で踊り子たちの舞で歓迎されたのだ……。

「母さん、いよいよ始まるよ。北海道だ。お前はまだ行ったことがなかっただろう。北海道から最初にしたよ。大丈夫だよね。若いんだし、ついて来られるよね……」

泰造は圭子の写真に小さく語りかけた。それから再び写真をリュックに入れて目を閉じた。

ふと、思いもよらぬ不安が泰造の脳裏をよぎった。かつての教え子たちは、みんな会ってくれるだろうか。何だか三十三年間の教師としての生き方を検証する旅のような気がしてきた。思いも寄らぬ不安だ。

しかし、泰造は慌ててそんな不安を打ち消した。搭乗案内のアナウンスが流れると、すぐに席を立って搭乗口に向かった。不安は行動することで消えるはずだ。どんな不安でも一生懸命頑張れば振り払うことができる。そんなふうに仲田美紀子たちに語ったような気がして、思わず苦笑した。

8

仲田美紀子とは、札幌市内のホテルのロビーで会った。沖縄を出発する際に電話をして、場所と時間を確認していたから間違えることはなかった。

美紀子は、小走りに手を振りながらやって来た。

「先生、お久し振り。お元気でしたか。嬉しいわ。先生の声を聞いたときは、もう嬉しくて嬉しくて、びっくりしました……」

「本当に久し振りだねえ、十年振りぐらいかな」

「違うよ、先生、十五年振りぐらいだよ」

「そうか、そうか、もうそんなになるのか……。見違えたよ、大人になったな」

「有り難うございます。先生もお変わりなく、お元気そうで、お若くいらっしゃる」

泰造は、美紀子の笑顔を見てほっとした。いや、徐々に美紀子の高校時代の笑顔と目の前の美紀子との笑顔が重なってきたことにほっとしたのだ。

美紀子が現れたとき、一瞬、美紀子とは気づかないほどに変わっていた。人違いかと思われるほど年老いて見えた。手を挙げて美紀子の方から声を掛けてこなければ、たぶん分からなかっただろう。

「元気そうで、安心したよ……」

泰造の言葉に、美紀子は笑みを浮かべてうなずいた。医者になるために、一人で異郷の地で学び、孤独とも闘ってきたのだ。様々な人々とも出会い、また別れてもきたのだろう。年齢以上の歳月が美紀子の顔に刻まれているような気がした。

「この子……、私の一人息子の、ていだです」

「ていだって、あのティダ、太陽のこと?」

「そうです」

「そうか、いい名前をつけてもらったな。ていだ君、よろしく」

ていだは返事をせずに、恥ずかしそうに美紀子の顔を見る。

「ていだ君は、いくつかな?」

泰造は腰を折って尋ねた。

「四歳!」

「エライ! 自分で言えたぞ! 偉いぞ!」

泰造の言葉に、ていだが笑みを浮かべて指を四本広げて見せた。泰造は、その小さな掌に向かって右手を出して握手をした。

それから美紀子の案内で、市内のレストランで食事をした。美紀子は、北海道での十五年間を、かいつまんで泰造に話した。ていだの父親になる男とは別れたと、屈託なく笑った。

泰造は、別れた男のことは何も質問しないことにした。美紀子には語りたくない辛いことがたくさんあったに違いない。その代わり、沖縄の美紀子の同年生の友人たちの消息を知っている限りたくさん伝えた。そして、時には高校時代の思い出を語り合って涙ぐむ程に笑いあった。

それから泰造が数年早めて退職したことや、美紀子の仕事のことに話題が移っていった。

「先生……、実はね、私の勤めている病院は大学病院ではないのよ」

「ええっ？　そうなの？　同級生たちは大学病院って噂していたよ」

「そう……。大学を卒業して、数年間は大学病院で働いたけれど、いろいろと事情があって、今は郊外にある小さな個人経営の病院で勤めているの。ていだもまだ小さいし割と自由も利くしね」

「そうか。ところで沖縄に帰るつもりはないのか？」

「それは、ないよ。ていだと二人で楽しく暮らしているよ。北海道、とっても気に入っているんだ」

即座に美紀子の返事が返ってきた。

「お母さん、心配していたよ」

「大丈夫、大丈夫、母にこっちに来てと言っているんだよ」

「そうか」

「休みにはね、先生、レンタカーを借りて、ていだと二人で旅行などもしているんですよ」

「本当かい？　それはいいことだ。ていだ君、お母さんとの旅行は、楽しいかな？」

「うん。とっても楽しいよ」

ていだが、口を大きく開けて愛嬌を振りまきながら声を上げて答える。ていだも、だいぶ泰造に慣れてきたみたいで、ほっとする。

ていだの内緒話に美紀子が耳を近づける。ていだが小声で美紀子に何かを話している。美紀子がうなずきながら笑顔を見せて、泰造に話す。

「ていだがね、おじいちゃんも一緒に行こうって」

「えっ、どこに？」

「旅行に」

「そうか、有り難う、ていだ君は優しいんだね。でも、お母さんと相談してからね」

「あら、お母さんは大賛成ですよ」

美紀子が、楽しそうに笑う。

ていだくんにとっては先生ではなく、おじいちゃんなんだと泰造は苦笑しながら思う。そして再び声をかける。

「ていだくん、有り難う。おじいちゃんも嬉しいなあ。ていだ君はいいことを思いつくんだなあ。有り難う。また握手だ」

ていだは、今度はすぐに手を出した。

「本当に北海道は広いし、住んでいて気持ちがいいんですよ。自然も豊かで、冬になると雪も降るんですよ、先生」

「冬になると雪も降るって、当たり前だろうが。女医さんの言う言葉かよ」

泰造のツッコミに、美紀子がまた声を上げて笑う。美紀子も泰造も、すっかり高校時代に戻っていた。泰造も久し振りにたくさん笑った。圭子を失ってから、あまり笑ったことがなかったような気がした。

泰造は、リュックサックの中の圭子のことを思い出した。圭子も楽しんでくれているだろうか。思わずそんな気がして足下に置いたリュックサックを見た。

圭子が亡くなったことは、美紀子にも伝えたが、圭子と二人の旅であることは話していなかった。リュックサックを見た後で、写真を取り出そうか、どうか迷った。

美紀子が笑いで乱れた息を整えながら言った。

「先生、私の勤めている病院は、私の大学時代の恩師の奥さんが開業しているんですよ。ご主人は亡くなってしまって……、それを機会に、奥さんも大学から退いたんです。それで、私もご恩返しに、その病院を手伝うことにしたんです……」

やはり、一日では語り尽くせないほどのたくさんの出来事が、美紀子にはあるのだろう。見知らぬ北の大地で、たくさんの人々と出会い、肩を寄せあって生きてきたのだ。そして悲しい別れもあったはずだ。息子を育てながら、これからも生きていく美紀子に、幸せがたくさん訪れますようにと祈らずにはおられなかった。

泰造は、美紀子と言葉を交わす時間が残り少なくなってきたのを見計らって、思い切って圭子の写真を取り出そうと決意した。美紀子に見せるのではなく、美紀子を圭子に見せたかった。もう二度と訪ねることはないであろう圭子の憧れの土地北海道で、精一杯頑張っている教え子を誇りに思い、圭子に会わせたかった。

9

美紀子と別れたその晩に、美紀子からホテルに電話が掛かってきた。もしよかったら、美紀子のマンションにしばらく滞在して、のんびりと北海道旅行を楽しんでもらいたいと言うのだ。

泰造は、明日にでも、定山渓《じょうざんけい》温泉を訪ね、紅葉を楽しもうかと思っていた。まだホテルの予約はしていないが、朝には一番に予約をするつもりでいた。

「しかし、迷惑にならないかなあ……」

「何言っているのよ、先生、お願いよ……。予定のない旅って言っていたじゃない。ていだも先生のこと、とても気にいったみたいなの」

美紀子は、相変わらず無防備のようだ。年老いても俺も男だ。高校時代に泰造の所にやって来て、スカートを捲り太股を見せた美紀子の無邪気さが蘇ってきた。

泰造のこの旅は、かつての教え子たちと出会い、気ままに滞留し、気ままに自然や風物を眺めることにあった。美紀子の所に長居をしたからといって、別に困る訳ではない。定山渓は機会を見つけて訪ねればよい。あるいは美紀子親子と一緒の旅も楽しいかもしれない。

「分かった、それではお世話になろう」

「わあ、有り難う、先生、ていだも喜ぶわ。明日の午後迎えに行きますよ。スマホにお電話しますからね。ホテルでいいんですよね」

美紀子の声は、子どものように弾んでいた。

美紀子のマンションは、札幌からJR函館本線で小樽に向かう二駅目の琴似《ことに》という町にあるという。勤めている病院も、その町にあるという。

ホテルでチェックアウトを済ませ、事情を話して荷物を置かせて貰った。市内を観光した後、ていだのおみやげにメロンを買い、再びホテルに戻りロビーで待った。約束の時間に、美紀子は、ていだと二人で迎えに来た。

今度は美紀子ではなく、ていだが小走りに駆けて来た。泰造は、ていだを笑顔で抱き上げた。

「ていだはね、先生が、いい名前だねって誉めてくれたことが、とっても嬉しかったみたいよ。みんなは変な名前だねってからかうのにね、おじいちゃんは誉めてくれたよって」

美紀子も、にこにこと笑っていた。泰造は抱きかかえていたていだの頭を撫でた。床に降ろすと手を繋いでホテルを出た。

電車に乗って美紀子のマンションに着くころには、すっかり仲良くなっていた。ていだと一緒に風呂に入り、美紀子が作ってくれた食事を食べた。メロンも一緒に食べた。家に着いてからも、ていだはずっと泰造にまといついた。大好きな恐竜の名前を、絵本を広げながら次々と泰造に得意げに教えてくれた。

やがて話し疲れたのか、泰造の膝の上で、コクリ、コクリと頭を揺らし、居眠りをした。それを見て、美紀子が笑顔で抱きかかえて寝床に連れていった。そのときには、もうすっかり熟睡していた。

「先生に、すっかり甘えちゃって……、申し訳ありません」

「いやいや、久し振りに、昔を思い出したよ」

「奥さんを亡くしたのでしたら、何かと不自由でしょう」

「いや、娘や息子が近くにいるからね、気楽でいいよ」

そう言ったが、心がちくりと痛んだ。

美紀子は、台所でお皿を洗いながら振り返って泰造を見て微笑んだ。それからまた皿を洗う手を休めることなく独り言のようにつぶやいた。

「先生は、お孫さんも……」

「うん、三人いる。息子も結婚したばかりだから、まだまだ増えるだろう。楽しみだよ」

「そうですか、それは楽しみですね」

美紀子はそう言いながら楽しそうな声をあげた。

しばらくして、美紀子も台所を片づけ、風呂を上がってきた。美紀子が小さなテーブルの向かいに座ってビールを注いでくれた。何だか変な気持ちだ。ふああ、ふああと、まるで現実感がなかった。つい、二、三日前までは沖縄にいたのだ。

「お疲れさまでした。はい、おビール」

「うん、有り難う」

「乾杯！」

二人でコップを合わせ、一気に飲み干した。

「うまい。本場もんは、やっぱりうまいなあ！」

泰造の言葉に美紀子が笑う。泰造は、思わぬ展開にやや面食らっていたが、変化していく状況に素直に従おうと思った。もう意地を張って抗《あらが》うほどの年齢でもなかった。

美紀子が感慨深そうに言った。

「ていだは、よっぽど嬉しかったんだろうねえ。先生に甘えてばっかり……、有り難うございます。いつも保育園に預けっぱなしだから……。あの子が生まれて、すぐに男は逃げて行ったから、お父ちゃんが恋しかったかもね」

「そうだなあ。こんな年寄りでもよかったら、いつでもお父ちゃんになってあげるよ」

「有り難う、先生」

美紀子が、目を潤ませながら泰造を見る。ビールを飲んで上気しているせいかもしれない。

美紀子は札幌で会った時よりも、若く華やいで見える。

「お母ちゃん、よく笑うんだねって」

「えっ？」

「いえねえ、ていだが、お母ちゃん、よく笑うんだねって。先生と久し振りに会って、私、嬉しくて笑ってばかりいたでしょう。だから、ていだが言うのよ。お母ちゃん、よく笑うのねって……。びっくりしちゃった。ていだの前で笑いを失っていたのかなって」

「……」

「それで、先生に、もう少し居てもらいたかったの。だから、思い切って電話をしたの。私の笑い顔、先生にも、もっと見てもらいたかったの。私も先生に甘えたかったのかもしれない」

「そうか……」

美紀子の目に涙が溜まっている。

「笑ったほうがいいでしょう?」

「うん」

美紀子は目の前のティッシュで目頭を拭いて微笑んだ。

「先生、明日は、私の勤めている病院、案内するわね。院長先生にも紹介するから、楽しみにしていてね」

「うん……。ここから病院は近いの?」

「そう、歩いていける距離よ。自転車だと十分ぐらい」

そのとき、美紀子のスマホで着信音が鳴った。美紀子が立ち上がり席を離れる。それからしばらくして美紀子が戻って来た。

「男からよ」

「男って？」

「ていだの父親」

席に戻った美紀子は、やや憤慨しているようであった。

泰造は、尋ねてはいけないことかなと思ったけれど、話すことで美紀子の気持ちが楽になるのであれば、聞き役に回ってもいいと思った。

「もし、よかったら、聞かせてくれ、その父親の話……。もちろん、私には何もできることはないと思うけれど……」

美紀子は、手を横に振り、苦笑を浮かべて席を立った。やはり尋ねるべきではなかったかと後悔した。

美紀子は口をつぐんだまま、冷蔵庫のビールを引っぱり出し、つまみの菓子をテーブルに置いた。そしてビールの栓を抜き、泰造のコップに注ぐと、意外にも男の話を切りだした。

「つまらない話よ、先生。犬も喰わない話よ、それでもいい？」

「いいよ、私が喰ってやる」

美紀子は声を出して笑った。少し酔いが回っているようだ。心なしか目元が潤んでいるように見える。

泰造も、いつもより量が過ぎたかなと思ったが、注がれたビールをまた一気に飲み干した。

「あの男とは結婚式を挙げた訳でもないの。だからあの男って呼んでいるの。今風に言えば内縁の夫。若気の至りで同棲していた大学時代の同級生。札幌市内のバカでかい病院の跡取り息子。お医者さん」

「そうか……」

「それに逃げ出したのではなく、私が追い出したのよ。嫉妬深くてさ、今でも、ていだを自分の子かなって疑っているのよ。沖縄の女って男女関係には解放的だねって。勝手に疑いなさいって言って追い出したのよ。自分は二股も三股もかけて若い女医さんと遊んでいたのにさ。私と別れてからさっさと結婚したのに、まだ電話がかかってくるの。鬱陶しいよ」

美紀子が、自嘲気味に話し出してビールを飲んだ。必死に込み上げてくる涙を肩を怒らせて抑えているようにも見える。

「やり直せないのか？」

「だれと？」

「その男とさ。まだ電話があるのだから、気にしているのだろう」

「私に、やり直す気がないの。それにあの男、結婚しているって言ったでしょう」

「そうか、そうだったな……」

「それにさ……」

「どうした？」

「こんなときになってさ、ぼく間違っていましたって」

「さっきの電話、その電話なの？」

「そう、ごめんねって。二人の女を我がものにしようと思っているんじゃないのかね。そうはいきませんよって。くそ！　あの野郎め！　犬に喰われて死んじまえって言うの」

美紀子は、一気に大きな涙をぽろぽろとこぼした。

泰造には、慰める言葉がなかった。聞き役になると言ったのだが、辛い役目だった。もう高校時代の美紀子ではなかった。悩みも苦しみも年齢と共に大きくなるのかと思うと、いたたまれなかった。

「先生……」

「なんだ」

「私の太股、見る？」

「……」

「ねえ、先生、見る？」

美紀子が艶っぽい声を出して微笑む。

「覚えていたのか？　高校時代のこと……」

「覚えているよ。先生が面喰らっていた顔、面白かった。あのとき、自分でも気づかずに、スカートを捲り上げていたんだけど、でも、あのときの先生の顔を見て、私、先生大好きになったんだよ」

美紀子の目から、熱い涙がこぼれた。

「あいつに殴られた青あざ、太股にも、まだ残っているかもしれないよ、先生、見てみる？」

美紀子が、今度は声を上げて泣き出した。しばらくは肘をつき、両手で顔を覆っていたが、やがて一気にテーブルの上にうつぶした。

泰造は、どうしていいか分からなかった。泣き声は徐々に小さくなっていったが、目の前の美紀子のうなじからは大人の女の匂いが溢れていた。思わず手を伸ばして励まそうかと思ったが躊躇った。躊躇わせるものがあった。

美紀子はまだ過去の記憶と闘っている。闘っている間は、そっとしてあげたかった。泰造だって過去の記憶と共に生きているのだ。過去の記憶を葬り去ったときに、愛は終わるのだろう。

美紀子はやがて顔を上げて、目の前で祈るように両手を合わせた。

「先生……、私、今、やり直しているんだよ」

「うん」

泰造も潤んだ目でうなずいた。そして美紀子のコップに、いっぱいビールを注いでやった。

10

朝、起きると、すでに美紀子は起きていて、朝食の準備を始めていた。台所に立つ美紀子の背後から、泰造は声を掛けた。

「おはよう」

「おはようございます。よく眠れましたか」

「うん、ぐっすり眠れたよ」

「そうですか。それはよかった」

「昨日は、ちょっと飲み過ぎたみたいだな」

「そんなことありませんよ。いいお酒でした」

美紀子は爽やかな顔をして、泰造を返り見て微笑んだ。昨日のことは夢の中の出来事だったのだろうか。美紀子の素振りには微塵も昨日のことは感じられなかった。

泰造にも、愛おしい時間が夢のように過ぎた。夢の中の出来事にしていた方がいいのだ。泰造も何事もなかったかのように、さりげなく美紀子に尋ねた。

「洗面所は、どこだったかなあ」

「そこを、右に進んでください。タオルも準備してありますから、どうぞお使いください」

美紀子の口調は、なんだか、圭子の口調に似ているなと思った。圭子も、「～してください」と、語尾を上げて発音し、泰造にいろいろと指図をしたものだ。

泰造は、自分の顔を洗面所の鏡に映してみる。やはり、年老いてやがて還暦を迎える顔だ。老斑があちらこちらに小さく現れている。髪も二割方白くなっている。ていだに、おじいちゃんと呼ばれるのも無理はないと思った。

美紀子の住んでいるマンションは七階建てで、美紀子親子は二階に住んでいる。

「先生、今日の予定は、昨日話したとおり、変更なしですよね。私の勤めている病院を案内します。午後に迎えに来ますから、待っていてくださいよ」

「分かった」

「定山渓は、次の休みにていだと三人で行きましょう。お泊まりですよ。いいですね。ていだも喜ぶでしょう。ホントに有り難うございます」

美紀子が明るく微笑む。

「さあ、これからがタタカイですよ。ていだを起こして、洗面させて、着替えさせて、食事をさせて、一緒に家を出て、保育園に預けるんです」

美紀子は、すっかりお母さんの顔になっている。あの元気な美紀子だ。本棚には医学の専門書が幾つか並んでいるが、泰造の前では、まったく医師の素振りは見せなかった。それだけに、昼食時の休み時間に泰造を迎えに来て、病院を案内し、院長を紹介するという美紀子の申し出を楽しみにしていた。

ていだは、昨晩のように泰造に甘えることはなかった。いや、甘える時間などなかった。美紀子にせかされて、嫌がっているようにも思われたが、あっというまに保育園に行く準備を整えて、美紀子と一緒に手をつないで玄関口を出た。

泰造はドアを開け、一階まで降りて、美紀子とていだを見送ることにした。驚いたことに、美紀子はいつの間にか自転車を引っぱり出してきて、ていだを自転車の前に取り付けた座椅子に座らせていた。

「私、毎朝、自転車で出勤しているんですよ」

泰造が驚いているのに気づいた美紀子が悪戯っぽく笑った。

朝日は、すでに高く、日差しは強かった。

「先生、行ってきます」

「うん、行っていらっしゃい」

「おじいちゃん、すぐ帰るからね、待っていてよ」

やっと、ていだが口を利いて泰造に手を振った。

泰造は、二人の背中が見えなくなるまで、路上に出て手を振り続けた。美紀子が振り返る度に、美紀子の漕ぐ自転車は、ゆらゆらと揺れて倒れそうになったが、二人の姿は温かく微笑ましかった。いいものを見た。涙がこぼれそうになった。

「私が、愛した子どもたち……」

泰造の口から、思わず言葉が飛び出していた。

「母さん、私が愛した子どもの一人の美紀子だよ。どこか危なっかしいけれども、頑張っているよ」

泰造は、今度は、はっきりと言葉に出してつぶやいた。ふと、あの自転車で自分を迎えに来るのではないかと思うと、不安になり、苦笑が出た。

教え子たちを訪ねる秋の旅は始まったばかりだ。最初からこの調子では先が思いやられる。無事に沖縄まで辿り着けるだろうか。そう思うと、再び涙混じりの苦笑が漏れた。

美紀子が迎えに来る時間は、アッという間にやってきた。マンションの周辺を散歩したり、身の回りの持ち物を整理したりしているとスマホが鳴った。美紀子からだ。今からすぐに迎えに行くと言う。

泰造はネクタイを締め、背広に着替えて玄関を出た。美紀子の職場で失礼がないようにと、やや緊張して美紀子を待った。

泰造の目の前を何台かのタクシーが通り過ぎたが、美紀子は乗っていなかった。時計を見た。その時だった。ていだと美紀子を送り出した左手の道路から、自転車に乗ってやって来る美紀子の姿が目に入った。

「まさか……」

泰造は茫然と立ったまま、その姿を眺めた。いや、一、二歩、後ずさったかもしれない。美紀子は手を振りながら、笑って近づいて来る。その度に自転車は左右に揺れた。

美紀子の姿がどんどん大きくなる。泰造の影は真上からの日差しを受けて、丸く小さくなって足下で声を上げずに固まっていた。

第五話　青葉闇

1

正克《まさかつ》は、やはり黙ったままだった。あれほど快活な正克が、長く黙ったままでいるのは意外だった。子どもたちは多様な顔を持っている。教室の顔が、すべての顔ではないのだ。

　このことを、多和田《たわだ》亮介《りょうすけ》は、自分の教師としての一貫したポリシーにしている。子どもたちが有しているそんな多くの顔を、いつでも受け入れたいと思う。また見つけたいとも思う。数学ができなくても英語ができる。英語ができなくてもサッカーが上手だ。サッカーが上手でなくとも他人を愛する心はだれにも負けない。

　しかし、今日の正克の態度は、そんな亮介の目にも違和感はぬぐえない。もちろん、正克はいつものように礼儀正しく、しっかりした受け答えをする。だが、それだけだ。「はい」と「いいえ」以外は、自分から話し出そうとしない。いつもの人なつっこい笑顔は消えている。

　亮介は、もう一度手元の資料を開いて、正克と母親に説明する。正克はうなだれて聞いている。母親はそうでもない。正克の傍らで背筋を凛と伸ばし、資料を見るのももどかしそうに、亮介の説明が途切れたのを見計らって再び話し出した。

「先生、子どもたちには、やはり可能性というものがございますよね。私はこの子の可能性を信じているのです。努力に勝る天才なしと言うではございませんか。親が子どもの可能性を信じないで、だれが信じるんですか。ねえ、先生、そう思いませんか」

「ええ、そう思います……」

「この子は、剣道でも頑張ってくれました。きっと勉強でも頑張ってくれると思います。まだセンターテストまで九か月近くあるんです。先生がおっしゃっていることは、よく分かりますが、子どもたちは、一人一人、皆違うんですよね」

「ええ、そのとおりです」

「子どもたちの進路を決めるのは、偏差値だけでは、ないですよね。意欲も大切ですよね」

「ええ、全くそのとおりです……」

なんだか、母親の意見に、亮介はうなずいて、同じ返事ばかりしているような気がする。しかし、自分だって母親と同じ意見を持っているのは間違いない。母親の意見は押しつけがましいが、いちいち、もっともだとも思う。

母親は、正克を県外の国立大学の医学部へ進学させたいようだ。でも、正克の意志が判然としない。自分の学力では無理だと諦めているようにも思われる。それを傍らの母親に励まされている。

五月になると、毎年のことだが、高校三年生の学級担任は、当人と保護者を交えた三者面談をスタートさせる。放課後を利用し、一人三十分ほどの時間を割り当てて、三週間ほどの日程で終了する。終わったときは、さすがにぐったりと疲れが出る。

面談の内容は、ほとんどが進路の話になる。子どもたちには、早めに目標を定めて、最後の学年を有意義に過ごしてもらいたいと思うからだ。亮介が担当する三年五組四十二人のクラスの中では、現時点でいまだに目標がはっきりしないのは正克を含めて四人いる。

亮介の広げた資料は、ここ数年の卒業生の医学部受験の実績だ。先輩たちの実績と比較しても、やはり現時点での正克の学力では困難だろう。このことが、亮介の広げた資料から判断できる。しかし進路を決定するのは、あくまでも正克たち親子だ。亮介は判断の材料を提供するにすぎない。母親が言うように、自分の成績の現状に甘んじることなく、志を高く持つことは当然大切なことでもある。

亮介はちらっと時計に目を遣る。残りの面談時間が少ないのを確認すると、正克の方を向いて問いかけた。

「正克君……、お母さんがおっしゃっているように、医学部への進学を目指して頑張ってみるか」

「はい……、頑張ってみます……」

正克の声は、心なしか元気がない。

「しかし、医者になりたいと思ったら、努力をしないとなれないぞ。当然、思っているだけでは夢は実現しない。お母さんも応援してくれているし、頑張ってみて、最終的な判断は、もう少し時間があるから、二学期の三者面談まで延ばしてもかまわない。それまでに思うとおりに成績が伸びなかったら、もう一度考えよう。それでいいかな?」

亮介は、あえて正克の方を向いて問いかける。正克よ、お前の人生だ、おまえが判断するのだ。母親の人生ではないぞ。そう言いたいのをぐっと我慢する。

「先生……」

「どうした……」

「俺、生物に興味があるんです」

「えっ?」

亮介は、思わず正克を見た。母親が正克の言葉を遮るように口を挟む。

「生物に興味があるから、医者になるんでしょう」

正克は母親の顔を見ずに、その言葉を無視し、亮介の方を向いたまま話し続ける。

「生物に興味があって、生物の教師になりたいんです……」

「だから、努力してみて、駄目だったら、生物の教師にでも何にでもなればいいじゃないの。先生もおっしゃっているでしょう。人それぞれに、伸び率も違うって。安易に妥協することなく、志を高く持ちなさいって」

「……」

正克は、また黙ってしまった。

正克に、医学以外の教師の道に進む夢があるなら、また話は別だ。これまでの話を一度白紙に戻して、考えてみる必要があるかもしれない。正克は、三者面談を行う前に調べたアンケートには、「進路未定」と書いていた。しかし、このことは書けなかったのだろうか。

母親が、やはり亮介を見据えながら、しっかりとした口調で言う。

「安易に妥協せずに頑張るってこと、とても大切ですよねえ、先生」

「分かったよ」

亮介よりも先に、母親の言葉に正克が返事をする。やや、むっとした返事だ。亮介は慌てて言い継いだ。

「いずれにしろ、ゆっくり話し合って決めてください。正克君も、高校卒業時の進路については、将来の仕事に直結していくことが多いので、お父さん、お母さんと、よく相談して決めるといいな。大学に入学しても、経済的な負担は、お父さんお母さんにお願いすることになるんだから……」

亮介は、気まずくなった雰囲気を和ますために、最後のところは笑顔を作りながら冗談っぽく言った。

「どういう決定になっても困らないように、勉強だけは、しっかりしておけよ。成績がよければ、選択肢も広がるんだから……」

「先生、よろしくお願いします」

母親が、正克を急《せ》き立てるように、立ち上がって一礼する。

亮介は、先生と呼ばれることに、急に抵抗を覚えながらも、立ち上がって出入り口のドア近くまで見送る。

廊下を歩いて立ち去っていく二人の後ろ姿を、もう一度見つめる。

母親の傍らを歩く正克を、再度叱責している母親の声が聞こえてくる。正克とは、もう一度、時間を作って、ゆっくり話し合わなければいけないと思う。彼の本心を聞き出すことが、先決のような気がする。振り向いた母親が、もう一度、立ち止まって会釈をして、廊下の角を曲がる。

亮介は、二人の姿が見えなくなったところで、窓ガラスの向こう側に視線を移す。梯梧《でいご》の大木が、どっかりと腰を下ろして聳えている。掌のような形をした葉が、ひらひらと風に吹かれている。隊列を組んだ数人の生徒たちが、ジョギングをしながらその脇を通っていく。

人はそれぞれだと思う。医者になりたくないのに親から勧められる生徒もおれば、医者になるなと言われているのに、どうしても医者になるのだと、我を貫きとおす生徒もいる。

正克は、現在のところ、母親の意見を受け容れる形になっているが、最終的にはどのような結論に落ち着くのだろうか。どのような人生を送ることになるのだろうか。そんなことを考えながら、急にメールのやりとりをしているかつての教え子、河野篤《こうのあつし》のことが思い浮かんだ。

篤は、今、横浜の市立病院で研修医として働いている。亮介がこのH高校に赴任してくる前の学校での教え子だ。篤は正克とは逆で、医者になりたいという自分の夢を、並はずれた努力で実現した生徒の一人だ。

篤の母親の姿も浮かんできた。悲しみを堪《こら》えきれずに、亮介の前で涙を流していた。亮介の二十年余の教員生活の中でも、あのように感情を抑えきれずに涙を流していたのは、篤の母親の他には、ほとんど思い浮かばなかった……。

「先生！」

突然、背後から声が掛かる。振り返ると次の面談予定の涼子が廊下に立っていた。にこにこと笑顔を浮かべている。傍らの母親が、腰を折り、微笑みながら会釈する。

亮介は慌てて一礼をすると、今し方入ってきた面談室のドアを大きく開けて、二人を案内した。部屋の中へ導き入れ、椅子を引いて差し出し、あらためて挨拶《あいさつ》を繰り返した。

2

「お父さん……、そろそろ、学校の生徒たちだけでなく、洋平《ようへい》の進路のことも、相談に乗ってあげてね」

亮介は、晴子《はるこ》の言葉に、見ていたテレビの画面から目を逸らす。それからご飯をひと箸、口の中に入れて妻の晴子を見る。最近は家族四人で一緒に夕食を取ることはほとんどない。息子の洋平と、宏人《ひろと》のどちらかが欠けるか、もしくは二人同時に欠ける。今日は上の息子の洋平が欠けている。

「そうだなあ、洋平は、なんて言っているんだ?」

「あれ、お父さんに話しているって、言ってたよ」

「うん?」

亮介は、一瞬、混乱してしまった。洋平は、進路について自分に相談したことがあっただろうか……。急には思い出せない。

晴子は、そんな亮介を冷ややかに見つめて言った。

「お父さん……、洋平の話も真剣に聞いてくださいよ。よそ様の子どもの進路指導ばかりでなく、自分の子どものことも真剣に考えてくださいよ」

「分かっているよ。今、思い出した。洋平は理学療法士になりたいと言っていたんだ」

「そうではないでしょう」

「ええっ？」

「理学療法士か福祉士か、それとも看護師か迷っているって言っていたんじゃないの？」

「うん？　そうだったかな……」

「お父さん、しっかり聞いてあげてくださいよ。まだ二年生と言っても、あっという間に三年生になるんだから。それに、本土の専門学校に行くとなれば、お金の用意もしなけりゃならないしね……。洋平には頑張ってもらって、地元の国立大学にでも合格してくれるといいんだけど」

「うん、そうだな……」

晴子は、湯沸かし器の音に、立ち上がってガステーブルのスイッチを切り、お茶を淹れる。息子の洋平は、高校二年生。野球が好きで、チームのキャプテンだ。帰りはいつも遅く、夜の九時過ぎになる。

亮介も野球が好きなので、幼いころ、よく洋平とキャッチボールをした。プロ野球選手になれ、とおだてたものだが、まさかここまでのめり込むとは思わなかった。

もちろん、洋平はプロ野球選手になれるほど技量が優れているわけではない。野球が好きなだけだ。洋平の学校は、甲子園を目指して県予選に出場しても、せいぜい一回戦か二回戦止まりだ。

まだ高校二年生。進路を決定するのに焦る必要はないだろう。なんだか学校で言っていることと矛盾しているようだが、今少し、好きなことをやらせていいだろう。幸い洋平の希望は、漠然とはしているが、無理のない身の丈に合った希望のような気がする。

「宏人、お前はどうなんだ」

「何が?」

傍らに腰掛けている下の息子に訊いてみる。

「進路のことさ。何かやりたいことがあるのか?」

「別に」

「別に……ってお前、何かやりたいことがあるだろう?」

「別に、ないよ」

「まさか、ハンドボールでメシを喰っていこうなんて、思ってないだろうな」

「そんなこと思ってないよ。でもお兄ちゃんよりは、俺の方が、将来、一流選手として有望なことは確かだな。お兄ちゃんとこ、今年の夏の大会も、たぶん、どんなに頑張っても一回戦止まりだな」

「また、コールド負けとか？」

「たぶんね」

「やばいね、それ。なんとか九回まで持ってもらいたいな。そうすれば応援のしがいもあるというもんだよ」

「お兄ちゃん次第だね」

「洋平は、キャプテンでキャッチャーだからな。やはり、今は進路どころじゃないな」

「二人とも、何、言ってるんですか……」

晴子が、あきれたように二人の話に割り込んできた。

「今日の皿洗いは、だれですか」

「お父さんです」

宏人の言葉に亮介もうなずく。

「はいはい、分かっていますよ……。宏人、受験が近づいてから慌てないように進路のことは、しっかり考えろよ。来年は高校受験だろう」

立ち上がった宏人を目で追いながら、亮介は言う。

「普通でいいよ」

宏人が、振り返って言う。

「普通って……、どういうことだ」

亮介は、宏人に問い返すが、宏人は答えることなく、すたすたと歩き続けて自分の部屋に行ってしまった。

進路について、宏人は本当に考えているのだろうか。トドメを刺すつもりが、逆に刺されたような気がする。子どもたちには甘いかなと思うが、案外学校でもそう思われているかもしれない。

もちろん、教師として、叱らなければならないと思ったときには叱ってきたつもりだ。しかし、真剣に叱ってきたかどうかは、やや、おぼつかない。

亮介は皿洗いを済ませて自室に戻り、パソコンを立ち上げる。久し振りに教え子の篤からメールが入っている。学校でも篤のことを思い出し、家に帰ってからも進路の話題になった。今日は、篤の当たり日かなと思う。亮介は苦笑しながら急いでメールを開いて画面に見入った。

3

「おはよう、先生」

「おはよう」

「おはようございます」

朝の生徒たちは、いつも爽やかだ。あるいはこのためにこそ教師を続けているのかなとも思う。

亮介は、団塊の世代の次の世代である。亮介が入学したのは地元の琉球大学だ。七〇年代の半ばを過ぎていたが、亮介たちを取り巻く状況は、先輩たちのころと、さほど変わっていなかった。

学生運動はやや下火になっていたとはいえ、時には激しい内ゲバも突発的に起こっていた。先輩たちが残した鬱陶しい気分は、いまだ学内に溢れていた。たぶん、爽やかな学生生活を過ごしたとは言えないだろう。

沖縄は、現在も、あのころと変わりなく、政治的にも経済的にも困難な状況に晒され続けている。それは日本の近代史以降、今日まで、いつの時代にも変わらない沖縄の矛盾した状況である。あるいは辺境であり、あるいは島国であったことにも起因しているかもしれない。軍事的にも格好な地理的位置にあると言われ続けている。

亮介の脳裏を、学生時代のころの思い出が蘇る。懐かしさと言うよりは辛い記憶だ。亮介たちは、あのころ何を変えようとしたのか。あるいは、亮介の何が変わって何が変わらなかったのか。変えようとしたことは、正しいことだったのか……。

亮介が、大学卒業後の二年のブランクを乗り越えて、教師という仕事を選んだのも、自らが過ごした青春の日々と関係があったはずだ。教職に就く決意の一つに、体制に与することを拒絶しただけではない。二年間の根無し草のような外国での放浪生活の中で、生徒たちに伝えたかったものが見えたはずだ。例えば人間の理解の仕方とか、状況への対峙の仕方とか、郷土の歴史文化の重要性とか……。

漠然としていて、今はもう定かでない。しかし、定かでないままでいいのだろうか。なんだか、初心も決意も忘れ去っているような気がする。何に向かって、生徒たちには努力することを促そうとしているのか……。

朝のホームルームは、生徒たちの出欠を確認することから始まる。委員長の号令で挨拶をし、一人一人の表情を確認しながら点呼をとる。勇治の席が空いている。

「勇治は、どうした？　欠席かな？　だれか知っている者はいないか？」

生徒たちは一斉に顔を見合わせるが、だれも答える者はいない。生徒たちは、互いに携帯電話のメールでやりとりをして、欠席の連絡を友人に依頼してくることもある。

「初美と、洋子は、風邪で休みますという母親からの連絡があった。勇治はどうしたんだろうな……」

勇治が、亮介のクラスでは一番欠席が多い。昨年の学級担任からも気を配るようにと、申し送りのあった生徒だ。新学期から二か月近くが経過したが、やはり改善が見られない。二日連続の休みだ。気になっている。ホームルームが終わったら、すぐに勇治の自宅へ電話をしてみようと思った。

その前に、用意していたカラー写真のコピーを取り出す。

「この写真、見たことがあるかな?」

亮介は、予定どおり目の前に写真をかざし、生徒たちに問い掛ける。

生徒たちは身を乗り出して写真を食い入るように見つめる。が、首を傾げている。

亮介は、生徒たちの視線を十分に集めた後、頃合いを見つけて説明をする。

「ファスティング仏陀というんだ。ガンダーラ美術の傑作だ」

生徒たちに、再度しっかりと写真を見てもらうために、教壇を降りて、胸の前で広げて見せる。

「断食を続ける僧、あるいは苦行僧とも呼ばれている……」

写真の苦行僧は、まさに苦行のゆえに、あばら骨が浮き出ている。眼孔は落ち窪み、首筋にも骨や血管が浮き出ている。両手を端座した膝の上に組み、静かに瞑想している。

「この痩せこけた肉体を見て、考えて欲しい。人間は強い意志力を有しておれば、このように肉体の限界に挑戦することができるのだ……」

この写真を初めて見たときの亮介の衝撃は大きかった。大学を卒業した年の夏ごろだった。実物は写真ではなく、身の丈にも足りないほどの小さな彫刻だった。福岡の美術館でそれを見た。写真で見た背後の闇とも重層して、震撼するほどの衝撃を覚えた。そのときと同じような衝撃を求めて旅に出たのが、二年間の国外での放浪生活のスタートだった。

亮介は、この写真を見せて、生徒たちにも同じような感動を発見させたいと思った。たとえば人間の意志のようなものの強さと尊さをである。そして、生徒たちと共有する今年の目標を、「挑戦」にしようと考えていた。

昨年は、学級の目標を、「夢・夢夢《ぼうぼう》街道」と大きく墨書して正面の黒板の上に掲げた。夢を持って、その実現に向けて努力する。高校三年生にもなって、正面に目標を掲げることは、少し気恥ずかしい気もするが、亮介自身の励みにもなる。

「……で、この写真を、教室にも貼っておきたい。これを見て、常に挑戦する意欲を掻き立てて欲しい」

亮介の言葉に、生徒たちは無言のままである。

一人でも多くの生徒たちが、何かを感じてくれればいい。亮介はしゃべっている自分の照れをも隠すように、教室の壁に「ファスティング仏陀」を押しピンで留めると、急いで退出した。

亮介のホームルーム教室と、控え室である国語科職員室とは、同じ三階にある。間にホームルーム教室を二つ置いて隔てている。職員室は、東側の外れにある。他の三人の教師と一緒に机を並べている。生徒たちは、時には無遠慮に、時には神妙な顔をして職員室を訪れる。

「先生、ファスティング仏陀のコピーを、三枚ください」

そう言って、職員室に入って来たのは高江洲《たかえす》だ。

高江洲は、男生徒のうちでは最も成績がいい。しかし行動が奇抜なので、どこか憎めない可笑《おか》しさがある。クラスの生徒たちも、高江洲の成績よりも、この滑稽さに一目置いて高江洲を評価している。

「分かった……、コピーしていいけれど、どうして三枚なんだ?」

「教室の後ろと、両横のガラス窓にも貼っておきたいんです」

亮介は、やはり苦笑する。

「三枚は、いらないだろう」

「いえ、三枚必要です」

「では、三枚コピーをするから、一枚は持ち帰って家に貼っておくといい。他の二枚は、だれか必要な人にあげていいよ。教室は一枚でいいよ」

「そうですか……、効果の面では三枚必要だと思うんですが……」

「うん、有り難う、でも、押しつけることではないから、教室は一枚でいいよ。昼食時間までには、コピーをしておくから、その時に、もらいに来なさい」

「……」

高江洲は返事をせずに、怪訝そうな顔で職員室を出ていった。

いち早い反応で、また意外な生徒の反応だと思うが、教室の四つの壁に貼るのは、やはり憚《はばか》られた。一人でも多く反応してくれるといいと思ったが、高江洲の申し出に思わず苦笑がこぼれた。

放課後には、職員室の清掃当番の三人の女生徒が亮介の前にやって来た。清掃具を持ったままで、ファスティング仏陀について感想をあれこれと述べた。また、自分たちの知っているガンダーラ美術の知識などを互いに披瀝しあい、あれこれと蘊蓄《うんちく》をたれた。ワイワイ、ガヤガヤといつものとおりのお祭り騒ぎだ。

途中から話は「ファスティング仏陀」とは、関係のない現代詩の話になっていった。

「先生は、どう思いますか、吉野弘……」

「うん？」

「アイ、ワズ、ボーンですよ。私は生まれさせられた、という受身形ですよ。先生もそう思いますか。それとも生まれるんですか、人間は……。これは、単なる表現上の問題では、ないんですよね」

「ちょっと、待てよ……」

亮介は、声が大きくなって辺り構わずしゃべりだした女生徒たちのことが気になってきた。隣の三人の先生の迷惑には、ならないか。そろそろ追い出した方がいいかなと考えていたところだ。吉野弘のことは、上の空で聞いていた。

「もう、先生は、聞いているんですか」

「聞いている、聞いているよ……」

「先生！」

「ほら、別のこと考えている！」

「先生、国語の先生でしょう、もう……」

亮介は、こんな生徒たちの明るさが大好きだ。教師を終生の仕事に選んだことを、たぶん退職する際にも後悔はしないだろうと思った。

4

添付ファイルのソフトは一太郎。篤は、亮介がワードをうまく使いこなせないことを伝えると、いつも一太郎の添付ファイルにしてくれる。今では、ワードもそれほど苦にはならないのだが、好意をそのままにして、メールの交換を続けている。

亮介の二十年余の教師生活で、ワープロソフトの開発は、やはり画期的なものだった。田舎の中学校から教師生活をスタートさせたのだが、最初のころは、ボールペン原紙に、印刷物の原稿を書いた。書き終わった後に、輪転機にボールペン原紙を挟み込み、スイッチを入れる。小さな音を立てながら、目前でくるくると回転し、インクを滲ませながら印刷物を刷り上げていく。そんな光景に新鮮な感動さえ覚えたものだ。

頑固な先輩教師たちの中には、それでもガリ版刷りの鉄筆を握り、ぎぃち、ぎぃちと音立ててテスト問題などを作成している教師もいた。今では教科書の原文を、フロッピーやCD等で、すぐに再現できる。国語教師の亮介にとっては実に有り難い文明の利器だ。わずか二十数年余も前のことだが、インターネットやメールなど、当時の学校現場では話題にもならなかった。

今では、パソコンは、学校でも自宅でも重宝している。学校では、すでに教師一人一人に一台のパソコンが配られるほどに普及した。しかし、何かと制限がある。自宅では当然そんな制限はなく、インターネットやメールのやりとりが自由にできる。

パソコンに電源を入れる。画面が立ち上がる。インターネットエクスプローラーが現れ、マウスを当ててクリックする。メールの受信画面が現れる。篤のメールは、いつも白い星印を付けて送信されてくる。

先生、こんばんは。お元気のことと思います。先日のメールでは気を遣ってくださって有り難うございます。しかし、ぼくは、このメールを書くことが、それほど難儀なことではありません。ぼくのストレス解消だと思って、先生には付き合ってもらっているようなものです。むしろ、ぼくのほうが迷惑を掛けているのではないかと思っている次第です。

ぼくは、このように先生のお言葉に甘えて、気が向いたときにメールを送信致します。どうぞ先生もお気軽に返信してください。よろしくお願い致します。

さて、先日は、高校時代の懐かしい思い出を書きましたが、今日は病院のことを書きます。

ぼくが研修医として派遣された病院は、横浜の市立W病院であることは以前にお伝えしましたが、やはり予想どおりの巨大病院です。病床数六三四、診療科が二三科、二四時間三六五日救急医療体制が整っています。さらに手術室は十一、集中治療機能も充実しており、ICU六床、HICU十五床、CCU四床、NICU六床があります。また、災害時の医療機能を確保するために、ヘリポートの発着エリアも屋上に設置されています。地下一階、地上八階のまさに巨大ビルです。

病院は、県庁からも近く、横浜駅からは、バスで三十分ほどの距離です。

……

篤は、やはり忘れられない教え子の一人だ。今なおメールのやりとりをしているからではない。そうでなくとも、教職に就いている限り、折につけて思い出す生徒の一人であろう。

篤は、亮介が高校一年生の担任をしているときに受け持った生徒の一人だ。当時、亮介は県内でも有数の進学実績を誇るY高校に配置されたばかりだった。赴任地での新しい学校の仕組みに戸惑いながらも、懸命に努力を重ね、篤たち新入生の不安を取り除こうとしていた。

篤の夢は、当初から医師になることだった。それほど学力が秀でているということではなかったが、努力家で、妙に理屈っぽく、頑固なところがあった。

学校への不満や教師への不満、あるいは友人らへの不満まで、篤は臆することなくストレートに亮介にぶつけてきた。その不満の多くはもっともなことであったから、亮介も感心しながら聞いていた。そして、学校への不満は、時には篤に代わって、委員会や職員会議、あるいは学級などでも紹介した。うまくいかなかったときには、漢文の教科書の四面楚歌に出てくる項羽のように、「時勢、我に味方せず」と放言し、互いに顔を見合わせて笑い合った。

篤が二学年に進級し、亮介のクラスを離れて、もうすぐ一年が過ぎようかという冬、突然篤の母親から電話があった。相談に乗って欲しいと言うのである。担任でない私でもいいのかと疑問を述べると、篤からの、たっての願いと言うことで亮介は了解をした。

篤の担任を離れるだけでなく、授業の担当も外れていたから、篤と親しく話すのは久し振りであった。入学時の潑剌とした表情は影を潜めていたが、皮肉な笑いを口元に浮かべる仕種は同じだった。相談事の内容は、かなり深刻なものだった。

母親の説明によると、父親が失踪してから四、五年ほどになるが、いまだ家に戻らない。ここまでは亮介も知っていた。ここから先の問題だ。その父親が、どうやら東京で路上生活をしているらしいということが分かった。何度か東京へ出かけたが見つからない。この際、東京へ住まいを移して、本格的に父親を捜したいというのだ。しかし、息子の篤は、せっかく合格した進学校なので、ここへ残して出かけたい。幸いにも本校には寮があるので預けたい。でも、篤が一緒に自分も東京へ行くと言い出して聞かない。どうすればいいのだろうか、という相談だった。

父親の失踪については、一年前の担任の時に聞いていた。何か深い事情がありそうなので理由を詮索することはやめた。また、特に相談事として持ちかけられた訳でもなかった。今回は、母親が夫をどうしても捜し出したいという思いに触れた。そして東京へ行くに際して篤の将来のためには篤を残して行きたいという思いに触れた。

母親は亮介の前で声を殺しながら大粒の涙を流した。夫の失踪の原因や、多額の借金のことなどが言葉の端々に窺えた。親族からの嫌がらせや夫の性格などまで……。そして、自分のせいで息子を巻き添えにしてしまう。息子の夢を摘み取ってしまうのではないかと不安がった。

さらに何よりも母親自身が、体調を崩し、心身喪失気味で、精神科への通院治療を余儀なくされていると、力なく語ったのだった……。

その母親を見つめていた篤の眼差しを、今でも忘れることはできない……。

ぼんやりとそんな記憶を思い出していると、突然電話が鳴った。

「父さん、迎えに来て」

上の息子の洋平からだ。

「どこだ、どこにいる？」

「学校の近くのコンビニ。今日は練習試合をして、ミーティングが長引いたので、遅くなってしまった……」

「分かった、すぐ行く」

亮介は、開いたままになっている篤からのメールを慌てて閉じて、パソコンの電源を切った。

「母さん、洋平を迎えに行って来るよ」

台所にいる晴子に声を掛ける。

「分かった、お願いね」

晴子が振り返って返事をする。

洋平の学校までは、片道二十分ほどだ。亮介は車の鍵を摑むと玄関を出た。

5

「エリスの無力なことをいいことに、豊太郎は好き勝手なことをしているだけだと思います。舞姫は豊太郎の欲望のドラマです。近代的自我の確立や葛藤とは関係ありません。その素振りをしているだけです。いつの時代にも問われる人間の生き方の問題です」

「豊太郎の自我確立の不徹底さは、現代日本の姿と重なるものがあります。国際化時代の日本と言っても、現在、どれだけ日本は自分の意見を主張できるのでしょうか。豊太郎の曖昧さは日本国家の姿勢と同じです。鷗外は、そこまで見通していたのではないでしょうか」

「舞姫」の授業をした後は、例年、生徒から予想もしなかったような手厳しい批判が出る。特に女生徒の意見は辛辣だ。それも同性のエリスに向けられることが多い。

「舞姫」は、明治期の文豪森鷗外の作品である。主人公の青年太田豊太郎が、将来を嘱望されてドイツに留学するが、舞姫であるエリスと出会い恋愛関係に陥る。一時期は官僚としての道を捨て、エリスとの生活を選び取ろうと決意するが、望郷の念や官僚への道を捨てきれずに、身ごもったエリスを裏切り、帰国するという物語である。

この作品は、明治期の青年の自我の目覚めのほかに、恋愛、友情、社会の仕組みの問題等を内包した作品だといわれている。自分の生き方を貫くことができなかった苦しみだけでなく、様々なことを生徒たちに投げかけている。高校三年生の現代文では、多くの教科書に採用されている定番の作品だ。

「豊太郎の悲劇はさ、結局は、女性蔑視の視点を捨て切れていない豊太郎自身にあるんだよね」

「豊太郎の性格の弱さが全てです。その弱さですべての物事を正当化しようとする豊太郎は、絶対に許せないわ」

「エリスは、馬鹿だと思います。どうして豊太郎の、不誠実さが見抜けなかったんでしょう。すべてを豊太郎に頼り切ってしまうから、発狂なんかするんです」

生徒たちは、授業が終わった後も、しばらくは自分の意見を主張するために亮介のいる国語科職員室までやって来る。国語科教師の亮介としては、オリジナルなワークシートを作り、ディベートをも取り入れながら、できるだけ多角的な視点で物事を考えさせようと、授業に取り組んでいる。

しかし、亮介自身も、かなり私的な意見を述べることもある。豊太郎やエリスの生き方に、生徒たちの価値観は、たぶん大きく揺さぶられているはずだ。それだけでも授業で取り上げる意義の一つはあると思っている。

高校生は、太田豊太郎ほどでなくとも、進路や人生について悩める時代なのだ。実際、亮介は自分の高校時代のことを振り返ってもそのように思う。亮介は高校を卒業した年の大学受験は進路先を決められずに断念したのだった……。

昼食時間に、出席不振の勇治と面談をした。勇治は、亮介の忠告を眉一つ動かさずに睨みつけるように聞いている。そんな勇治の態度に傲慢さを感じ、やや不愉快になった。それでも、学校の規則や、本人にとっても欠席が悪い影響を与えることを、体験的な例をも交えながら説明する。

「先生、欠席して悪いのですか?」

「ええっ?」

勇次は理解してくれているものだと思っていたのに、いきなりの言葉に亮介はたじろいだ。

「ぼくの意志で、ぼくは欠席しています」

「だから、それを直して欲しいと言っているんだ」

「だれにも、迷惑を掛けていません」

「すでに自分自身に迷惑を掛けているだろうが……。出席日数や授業日数の不足で、卒業できないこともあるぞ」

「その辺は、大丈夫です。うまく計算して休みます」

「うまく計算して休んでは、駄目だよ」

「なぜですか？　なぜ休んではいけないのですか？」

亮介は、自分の答えが、いい加減な答えになることを警戒した。当然、学校は来るものだと思っている亮介自身の価値観が揺さぶられる。学校の規則で説得するわけにはいかないだろう。勇治は、たぶんそんなことを尋ねているわけではないはずだ。

亮介は、もう一度、最初から考えるために勇治を見つめ直した。

そのとき、電話が鳴った。正克の父親からの電話だ。正克の母親が、くも膜下出血で倒れたという。正克をすぐに帰して欲しいというものだった。

亮介は、すぐに正克を校内放送を使って呼び出した。

正克は息せき切ってやって来た。父親からの電話のあったことを告げ、事情を説明し、すぐに早退をして母親の担ぎ込まれた病院へ行くようにと指示をした。

「正克……、携帯は？　携帯は持っていないの？」

「忘れました、今日に限って自宅の机の上に忘れて来たんです」

「そうか……。病院は分かっているな？」

「はい、分かっています」

「では、次の授業担当の先生には私の方から事情を説明しておくから、すぐに行きなさい」

「はい、失礼します。有り難うございました」

正克は、亮介の傍らで、じっと椅子に座っている勇治を見て、奇妙な笑みを浮かべると、また亮介に向き直り、一礼をして部屋を出ていった。

6

翌朝、正克の父親から、亮介のところに電話がきた。母親の容態が依然として危険な状態が続いているので、正克を今日も休ませたいと言うことだった。

亮介は、病状の回復を祈願し、連絡してくれたことへ礼を述べて、正克と電話を替わってもらった。正克には学校のことは気にせずに悔いのない看護を続けるようにと意見を述べた。

朝のホームルームへ行くと、勇治は欠席だった。自分の意志での欠席だ。休みたくない生徒もおれば、すすんで休む生徒もいる。結局、勇治には自分の言葉が届かなかったのかと虚脱感に苛まれる。

その日は正克を帰した後も、五校時が始まるぎりぎりの時間まで勇治と話をした。その翌日であるだけに、さすがに勇治の家に電話をして、登校を呼びかける気にはなれなかった。

勇治はたぶん、近くにある市立の図書館へ行っているはずだ。そして母親は、たぶん、そのことを知っている。

「ずる休みではありません。体調不良で寝ているのです。少し熱もあるようなんです」

先日のことだ。無断で休んだので勇治の家に電話をしたときの母親の言葉だ。勇治が休むのは、母親の意志でもあるのだろうか。

「今学期はすでに十回以上の無断欠席になりました。生徒指導部から召喚状が郵送されます。保護者同伴で厳重な注意がありますす」

亮介が、そのように言ったとき、母親の答えはいとも簡単だった。

「ええ分かりました。出席致します。よろしくお願いします」

亮介は受話器を置いた後、呆然とした。勇治に市立図書館という居場所があれば、それでよし、とするべきなのだろうか。学校の規則はもう時代遅れなのだろうか。

「ああ、ああ……」

亮介は、その日も、今日のように独りで天を仰ぎ、ため息を漏らしたのだった。

勇治は、昼食時間が過ぎても、やはり登校して来なかった。母親と示し合わせた自主休校なんだろう。そしてたぶん、勇治は希望している難関の私立A大学へ合格するはずだ。

しかし、このような状態で、大学に進学させてもいいのだろうか。大学に入学しても、社会に出ても独りよがりの考えしかできない子になるのではなかろうか。周りの者から信頼を勝ち得る楽しい人生が送れるるだろうか。

ここ数週の間に、数人の生徒が勇治を真似るかのように、ぽつぽつと休みだしている。ウイルスのように、安易な状態はすぐに蔓延していく。願わくは病気での休みであって欲しいと、辻褄の合わない願望が頭を擡げてきたことに、亮介は驚いた。

その日は、一日中、憂鬱な気分が続いた。勇治に届かなかった自分の言葉を反芻して、無力感にも苛まれた。正克の母親のことも気になった。こんなことでは、きっと責任の重い分掌での仕事は身が持たないなと、苦笑が出た。

放課後、佐和子が、進路のことで相談をしたいと申し出てきた。五月の三者面談のときにも、まだ進路がはっきりしない四人の生徒のうちの一人だ。あれから一月余が過ぎ、もうすぐ夏休みを迎える。しかし、佐和子はまだ迷っていた。

亮介は、面談室が空いていることを確認すると、急いで予約を取り、佐和子の話を聞いた。

「先生……、私、進学せずに、働きたいんです」

亮介は、いきなりの佐和子の言葉に驚いた。

「どういうことなの？　佐和子……」

「母が可哀想なんです。助けてやりたいんです。力になりたいんです」

佐和子は、きっぱりと言い切った。

亮介は、余りにも爽やか過ぎる佐和子の表情に、相談どころか、もう佐和子の決意は揺るぎないものになっているのかなと思った。

佐和子は、日頃から明るく、世話好きな生徒である。インターハイまでは、バスケット部のキャプテンを務めていた。統率力もあり、学級でもリーダー的な存在だ。労を厭わず、皆のいやがる仕事をも積極的にやる。何でも任せられる頼りになる生徒だ。当然、国立大学に進学するほどの学力もある。その佐和子が、なぜ進学を断念するとまで言い切って、母親の力になりたいと思うのだろうか。

「父は遊び人なんです。定職にも就かずに、母を困らせてばっかりいるんです。父は大嫌いです。外泊することも多くて、家にお金を入れることもないんです。弟は二人いるんですが……、私たちは、今母のパートの仕事で入る給料だけでやりくりして生活しているんです」

佐和子は、話をしていても感情が高ぶってくるようなことはなかった。むしろ、冷静で、いつものように笑みを浮かべていた。また目が潤んでくるようなこともなかった。ただ、焦点が定まらぬように瞳が動き、どこか寂しげでもあった。

亮介は、佐和子の気持ちを痛いほどよく理解することができた。不覚にも、三者面談のときの和やかな母娘の姿からは、こんな悩みを省察することができなかった自分を恥じた。

二人の母娘は、姉妹のような口振りで話をし、うなずき合っていた。そんな二人の姿が蘇ってきた。あるいは、そんな親しさを装った振る舞いに、佐和子も母親も寂しさを隠していたのかもしれない。

「母は、私がやりたいことを、なんでもさせてくれました。一度も反対したことはありません。好きなバスケットを中学生のころからずーっとやれたのも、母のおかげなんです。もう私は、十分に幸せなのです。今度は、早く母を楽にしてあげたいんです。私が今取り得る最善の選択だと思います……」

亮介は、佐和子の考えを一通り聞き終えたのち、佐和子に尋ねてみた。

「母さんには、このことを、もう伝えたの？」

「いえ、まだです。これから話します」

「そう……」

亮介は、佐和子の話を聞きながら、すでに助言をする方向性を探し出していた。もちろん、正しい助言かどうかは分からない。最終的な判断をするのは佐和子たち母娘だ。

助言の内容を、佐和子の選択肢にしっかりと加えてもらいたい。切にそう思った。佐和子の前途は佐和子のものだ。今取り得る最善の選択としてだけでなく、今を含めたもっと長い時間の尺度で判断してもらいたい。また、大学には学資の補助制度や融資制度もある。さらに大学で学びながらアルバイトをすることもできるだろう。佐和子の明るい性格や、労を厭わない性格は、今時の若者たちには、むしろ欠けているものだ。

佐和子と、反対の結論になる。亮介はそう思った。親も大切だが、自分も大切だ。進学を断念することを母親は必ずしも喜ばないと思う。佐和子の恩返しを大学の卒業後まで待ってくれると思う。母親のためでなく、自分の夢を見つけ、自分の夢を耕しなさい。佐和子の夢を母親はきっと自分の夢と重ねることができる。佐和子の夢の実現を、きっと自分のことのように喜んでくれる。そう思った。

亮介は、意を決して佐和子に向き直った。

生きるとは自分自身であることに努力することだ。自分の思いをしっかり持ってその努力を続けること、それがかけがえのない人生を作るんだ。だれかのために生きるのではない。だれかのために生きたら最も苦しい思いをするのはそのだれかだ。

生きることに迷ってもいい。迷うということは真剣に生きていることの証拠だ。迷いがある間は成長しているということなのだ。佐和子にそう言おうと思った。

7

相談室の窓からは、帰宅を急ぐ生徒たちの姿が遠くに見えていた。亮介は、ゆっくりと話し出した。

先生、お元気ですか。ご無沙汰しています。東京も暑くなってきました。沖縄は、もう熊蟬は鳴き終わるころでしょうね。

篤からのメールだった。亮介は、夕食後に立ち上げたパソコンの受信メールを開き、コーヒーを飲みながら読み続けた。

先日から、母さんには、ぼくの勤め先の病院のある横浜に移り住もうかと相談しているのですが頑固で首を縦に振りません。もっともその頑固さが、ぼくにも引き継がれたおかげで、現在のぼくがあるのかもしれません。そう考えると、あまり文句も言えません。

千葉の大学に入学したときも、母さんは千葉には移り住んでくれませんでした。あのときと同じように、東京を起点にして、今度は逆の方角へ向かう電車に乗ります。当分は東京から横浜へ通うことになりそうです。

しかし、電車での通勤も結構楽しいものです。大学へ通っているときは気づきませんでしたが、先生が、高校時代よく言っていたように「長嶋の思考法」です。

先生、覚えていますか。長嶋茂雄の大ファンだった先生は、ジャイアンツが勝った翌日のホームルームでの上機嫌さは否応なくぼくらにも伝わったものです。先生の機嫌の善し悪しで、ジャイアンツが勝ったかどうかを当てるゲームさえ、ぼくらの間では流行っていたんですよ。

でも、それは、すぐに廃れてしまいました。だって先生はあまりにも単純(?·失礼)過ぎましたから。バレバレでした。勝った翌日は必ず途中のコンビニで、日刊スポーツを買って登校して来る。そして、何度も何度も読み返した後、そーっと職員室の茶飲み場にその新聞を置いておく。そんなことも噂になって伝わっていましたよ。もちろん、ときには、その新聞を一年生のぼくらがもらうこともありました。負けた日には、全くスポーツ紙を買わないということも、バレバレでしたよ。

高校時代のことを、つい懐かしく思い出してしまいましたが、長嶋の思考方法というのはプラス思考のことです。先生、覚えていますか？　先生がおっしゃったんですよ。三振しても、次の打席でホームランを打つ。その気迫を持つことが大切だって。今、電車で通勤する際に、このことを思い出して、プラス思考で、愚痴をこぼさずに、楽しみを見つけようとしているところです。

電車の中の人々を観察するのは意外と楽しいものだということも分かりました。また窓外の景色は、目を凝らす度に変化を見せるということも大発見でした。

ぼくは、今、哲学者になった気分です。高校時代の悪い癖が、また始まった、ということかもしれません。哲学者になったぼくは、先生とよく激論を交わしましたね。そうだな、そうなるのかな、と先生が、とてつもないぼくの意見を、笑わずに聞いてくれたことはとても嬉しかったです。どうしてあんなに、まともに向き合ってくれたのか、今考えてもとても不思議です。

さて哲学者になったぼくが発見した窓外の景色には法則があります。世界を理解するには、動くものと、動かないもの。縦と横。この二組の対立項を組み合わせるだけで、すべてが解明できるような気がします。そして一歩進んで、それを数式になんとか表せないかと考えています。

先生、退屈ですか。この発見をしたら、歴史的な大事件です。そしてネーミングはすでに決まっているのです。KRの法則。KRとは、なんだと思いますか。先生とぼくに関わることですが……、今は種は明かしません（笑い）。

ところで、人間は、やはり孤独な生物だという気がします。風で草木がなびくように、人間も揺れるのです。電車のスピードで人間が揺れる様は、まるで海底の藻草と同じです。無言のままで、前に後ろに、左に右にと、海流に弄ばれるように揺れるのです。

そんな光景を見ていると、だれもが支えが欲しいことが分かります。だれもが愛するものが欲しいんです。ぼくの母さんが、東京までやって来て、父さんを捜し出そうとする気持ちもやっと分かったような気がします。そして、東京の地を離れようとしないのも、なんだか分かるような気がします。

ぼくもいつの日か、新しい家族を持つことがあると思いますが、そのときは、先生、どうか揺れるぼくの支えになってください。よろしくお願いします。

今日は、どうも哲学者になり過ぎました。また書きます。お休みなさい。（河野篤）

亮介は、篤を母親と一緒に東京に送り出すために、篤と二人で転校先を必死になって探した日々のことを思い出した。家族は一緒に住むのがいい、最愛の夫は、篤にとっても最愛の父親である。そんなふうに言って母親に篤の転校を勧め、転校先を都立高校にすることを勧めたのも亮介だった。

篤の母親は、当初、自分が東京へ行くことによって、息子の勉学の差し障りになるのではないかと不安がっていたのだが、やがて亮介の進言を素直に聞き入れてくれた。

それからは、亮介と篤は放課後の進路室を利用して、進学雑誌やインターネットを利用して、高校のランキングや、転学の手続き方法、編入試験の有無などを調べた。時には、東京都の教育委員会や該当する高校へ、直接電話で問い合わせた。

篤の学級担任には、篤のせっぱ詰まった事情を説明したのだが、篤の自立性や、自主性を育てるためには格好の機会だと言われ、なかなか手伝ってもらえなかった。

大人でも大変な作業なのに、と思って、亮介は担任の意向を無視し、数日間進路室に閉じこもって、篤と二人で、篤の夢を実現するために最もふさわしい高校はどこかと、慎重に高校を探した。手続き等は意外と簡単で、進級した三年の四月から、すぐに受け入れてもらえることも分かった。

篤が東京で母親と一緒に住むことになるアパートも、選択した都立高校に近い場所にという条件で絞り込むことができた。

母親は終了式の際、再び亮介を訪ねて来て、目を潤ませながら礼を述べた。

後日、篤の報告から、転校した都立高校は、資料で調べたこととは、かなり食い違うところもあることが分かったが、おおむね篤も満足してくれていた。学校の状況を報告する篤との電話のやりとりで、思わず二人一緒に声をあげて笑い出したこともある。

篤は、卒業後、結局三年間浪人して、夢を実現させ、千葉大学の医学部へ合格した。そして母親は現在もなお、失踪した夫を捜し続けていた……。

8

正克が、朝のホームルームの前に、国語科室をノックして入ってきた。亮介は読みかけの辞書に付箋紙を付けてすぐに立ち上がった。「青葉闇」……、不思議な言葉を見つけたが辞書を閉じて、正克の所へ歩み寄った。

言葉を発したのは、ほとんど同時だった。そのことに互いに苦笑を浮かべた後に、正克がいつものように礼儀正しく頭を下げ、礼を言った。身体が大きく、まん丸顔の正克は、笑みを浮かべると本当に人なつっこい童顔になる。

「先生……、母は、もう大丈夫です。先生にもご心配をかけました。有り難うございました。父にも、すぐに先生の元へ報告に行け、と言われていましたので……」

正克は、少し照れたような笑みを浮かべた。

「そうか、よかったなあ。うん、有り難う……。本当によかったな。で、母さんはしばらくは病院にいることになるのかな？」

「はい、そうです。とりあえずヤマは越しました。命に別状はない、と医者は言っています。しかし、まだまだ絶対安静で、しばらく入院が続きます」

「そうか……、いろいろと、大変だろうけど、頑張れよ」

「はい……、有り難うございます」

なんだか、後半部は、しんみりとした口調になった。

正克の目も少し潤んでいる。進路のことで母親と対立して、険悪な雰囲気になった先日の印象は、もうまるでない。今、目の前に立っている正克は、少し寂しそうだが、いつもの正克だ。母親が命の危険から脱却できたことを素直に喜んでいる。正克は、確か長男で、下に二人の弟と一人の妹がいるはずだ。正克には大きな試練になるだろう。家族のことを心配し、家族を深く愛することは自分をも深く愛することに繋がるはずだ。

正克が退室して一時間ほど経って正克の父親からもお礼の電話があった。併せて母親の病状をも知らせてくれた。正克の礼儀正しさは部活動からだけではなく、父親の影響かもしれないと思った。

教壇では、久し振りに脱線した。

「豊太郎だって、エリスだって悩んだに違いないのだ」

思わず口を出たそんな言葉から、亮介自身の学生時代の話になった。団塊の世代と呼ばれるには若すぎる亮介たちの世代は、それこそ破壊された権威と、示された多様な価値観の前で、自らの生き方を作り出さねばならなかった。

心優しい友人たちの何人かは、それでもなお、悪戦苦闘してドロップアウトしていった。露呈した社会や、政治や、沖縄の矛盾の前で生き急いでいた。そんな人々が、もっとも心優しい人々だったかもしれない。少人数であったが彼らは二度と大学には戻らなかった。

そのような記憶が、脳裏に渦巻いた。しかし、亮介の言葉は、そんな体験を背景に、軽やかな記憶と別な言葉が発せられていた。何だか五十歳代に突入したとたんに、過去が懐かしく思い出され、未来に涙もろくなった気がする。

「……で、私は、結局、彼女を映画には誘えなかったわけだ」

「なーんだ、先生、ヤワだねえ」

あちらこちらから、ため息というか、ブーイングというか、憐憫の情を帯びた視線と声が飛び交った。

「愛の究極の形の論議で、私は惨敗し彼は勝利した。論理的には彼の言っていることが正しい。彼は、愛していればたとえ人妻であろうとも奪うと言ったんだ。私は違うと言った。さらに愛の感情は論理では計れないほどに振幅の広い感情だと……」

しかし、亮介はやはり惨敗だった。彼は美しい恋人を手に入れた。亮介は思いを寄せた女性が他の男とデートをしている場面に遭遇し、秘めた思いを告げることもなく愛を断念した。彼が言うとおり、愛と愛らしきものとは、あるいは違ったのだろう……。

亮介は、そんな話を披瀝しながら、脱線した軌道を修正するタイミングと、話題を収束する方法を慌てて模索し始めていた。亮介の頭がコンピュータなら、たぶん今、三つのファイルが同時に開いているはずだ。一つは惨めで美しくはなかった青春時代。一つは愛を巡る友人との論争。もう一つは戻るべき教科書のページ……。

「私は、思うんだが……、太田豊太郎やエリスの闘いは、まだまだ続いているんだ……」

終わりのチャイムが高らかになった。ジ、エンドだ。こんなに有り難く、爽快に聞こえたチャイムはない。何をしゃべったのだろうか。いろいろとしゃべり過ぎたような気がする。

亮介は冷や汗を流しながら、教科書と出席簿を閉じた。生徒たちの前で体験を語るには、もう年を取りすぎてしまっているかもしれない。そう思って教室を出ようとした。

「先生、待って」

その言葉に振り向くと、数人の女生徒が群がってきた。

「先生、面白いよ。是非、続きを聞かせて……」

「先生、お願い、もっと聞きたい……」

「豊太郎よりはましだね。先生の体験」

「恋愛の記憶は歪曲されるよ」

「歪曲されても、記憶は罪ではないよ」

何が何だか、分からなくなってきて亮介はもう一度冷や汗をぬぐった。その間にも、多くの生徒たちが亮介の周りを取り囲み始めていた。

9

亮介と宏人と晴子との三人だけの夕食が続いていた。甲子園を目指した洋平の学校の夏季大会の相手校も決まり、洋平の帰りは、さらに遅くなっていた。

「お兄ちゃんたちの対戦する学校は、とっても強い学校だぜ。ナンバー2のシード校だ。お兄ちゃんは、くじ運が悪いんだから」

弟の宏人は、そう言って感想をもらしていた。亮介もそう思う。洋平も、二、三日は落ち込んでいたが、すぐに元気を取り戻した。今は野球のことしか頭にはないはずだ。

「キャプテンが落ち込んでいたら、チームの士気にも影響するだろう。部員全員で一丸となって戦うしかないんだ。同じ高校生どうし、何が起こるか分からないよ。全力を尽くすことだ」

亮介は、洋平にではなく、夕食を食べながら宏人にそんなことを話していた。

洋平は自分で気持ちを切り替え、気持ちを奮い立たせているはずだ。是非、応援に行きたいと思った。

部屋に入ってパソコンを立ち上げる。篤からのメールが届いている。早速、メールを開いた。

先生、お忙しい日々をお過ごしのことと思います。前回は生意気なことを書きましたが、今回は極めて俗っぽいことを書きます。でも、やはり、こちらの方が辛いような気がします。

先生……、母さんは、もう十三年にもなるのに、まだ父さんを捜し続けています。夫を捜して十三年、もう五十七歳になりました。ぼくは、こんなふうにして老いていく母さんの姿を見るのが、時々辛くなることがあります。

先生もご存じのように、ぼくの兄は沖縄に帰って県庁に就職しました。まだ結婚はしていませんが、盛んに母さんに一緒に住もうと誘っています。ぼくもいつの日にか郷里に帰る日を夢見ているのですが、母さんは頑なに拒んでいます。母さんは、父さんのことを、まだ諦めきれないのです。

先日のことですが、悲しくなるような光景を見てしまいました。

ぼくは、たまの休日を得て、午前中をのんびりと家で過ごし、午後から久し振りに外出して新宿の紀伊國屋へ行きました。医学の専門書を数冊買って近くの喫茶店に入り、コーヒーを飲みながらその書物を捲りました。

コーヒー一杯で、何時間も喫茶店で粘った学生時代の懐かしい記憶も蘇ってくるようでした。そのような感慨もつかの間、ガラスの向こう側の通りに、母さんらしき人物が、人混みに目を遣りながら道路脇に立っているのです。思わず目を凝らしました。やはり、母さんでした。

母さんは、パートの同僚との約束があると言って、朝食を済ませた後、すぐに家を出ていったのですが、同僚らしき人物は傍らにはいませんでした。嘘をついたのだなと思いましたが、当初、何をしているか分かりませんでした。

当然のことながら、すぐに父さんのことが頭をよぎりました。十三年余にもなって、今さら当てもなく人混みに目を凝らすこともないだろうと思いました。しかし、そのまさかが的中したのです。母さんは、時々、人混みの中へ一歩を踏み出し、手に持った写真を示して必死に道行く人々へ尋ねているではありませんか……。

ぼくは、一瞬コーヒーカップを持ったまま愕然としてしまいました。何という愚かなことを、何という無駄なことを……、と声を荒げたくなりました。ぼくは、だんだんと怒りがこみ上げてきました。このことで兄さんの誘いを断るなんて腹が立ってたまりませんでした。

ぼくは我慢ができなくなって、読みかけの本を閉じて、立ち上がったのです。でも急に悲しくなって、また椅子に座り込んでしまいました。

それから、長く、じいっと母さんを見ていました。自然に涙がこぼれてきて止まりませんでした。実際、ぼくは涙を隠すために、慌ててテーブルの上に置いたサングラスを掛けました。それから、母さんが立ち去るまで二時間余り、ぼくはコーヒーのお代わりをもらって、じいっと母さんを見続けました。

ぼくの夢は叶ったのに、母さんの夢はまだ叶っていなかったのです……。

母さんは、その日、帰って来てからも、そのような行動について一言も発しませんでした。お友達との楽しい食事会の作り話をするのです。もちろん、ぼくはうなずきながら母さんの話を聞き、昼間に見たことは一言もしゃべりませんでした。

母さんは、どうしてぼくに黙ってそのような行動を取るのか分かりません。だって、数年前までは、一緒に父さんを捜したのですから。何も隠すことなどないし、嘘などつく必要もないはずです。

先生……、ぼくは今迷っています。ぼくは母さんに、そろそろ、そのような行為を止めさせるべきなのか。それとも母さんと一緒に、ぼくも父さんを捜すべきなのか。そして……、先生、ぼくの病院には、時々行き倒れになった浮浪者も運び込まれてくるのです。

先生、分かりますか。ぼくは母さんに、父さんの死を、死の可能性を告げようかと真剣に悩んでしまったのです。

でも、母さんから、今その行為を奪ってしまったら、母さんは一気に年老いてしまいそうな気がしてきました。兄さんの所へ行くどころか、首を吊って死んでしまうのではないかとさえ思われます。ここ数日、こんなことばかり考えているのです……。

先生、でも、ぼくも母さんも、何事もなかったかのように元気です。ぼくは、だんだんと夢見たとおりの仕事ができるようになりました。先日も、患者さんから手を握られ感謝されたところです。

W病院の前には、港があります。非常時には船が横付けされ、大勢の急患を運び込むことができます。駅までの帰りに、その港を眺めながら散歩がてらにベイブリッジを歩くことが至福のような楽しみです。そして先生がいつも言っていた言葉を思い出します。「この世界で最も美しいものは、心の中で感じるものの中にこそあるんだよ」って……。

先生、まだまだ一人前にはなれませんが、いつまでも先生に心配は掛けられません。なんとか頑張ります。では、また。（河野篤）

10

朝のホームルームが終わると、正克が亮介を追いかけるようにして国語科職員室に入ってきた。息を弾ませている。

「先生、母が退院しました。いろいろとお世話になりました。有り難うございました」

「本当か？　それはよかったな。おめでとう」

亮介は、思わず正克の手を握った。

「本当によかったね。これで、ご家族の皆さんもお父さんも、一安心だね」

「はい、父もよろしくと言っていました」

「お前、料理もうまくなったか？」

「えっ？」

「弟、妹たちの面倒をみてやっていたんだろう？」

「外食ばっかりでした。時々は、ほか弁、時々はラーメン。帰って来た母に叱られました」

「そうか、時々ほか弁、時々ラーメンじゃ、料理の腕前は上がらないな。県外の大学に入学したら自炊生活をすることになるんだろうから、いい経験になったのにな。惜しいチャンスを逃したな」

「先生……」

「うん？」

「そのことですが……、母は医学部以外の進学を許してくれるようです。あんたが好きなことをやりなさいって」

「そうか、それは、よかったな」

「いえ、よくないんです、先生」

「ええっ？　どうしてだ」

「実は、今度は、ぼくの方が猛烈に医学への道を目指したくなりました。もう遅いでしょうか、先生……」

「遅いことはないさ。夢を実現するには早い遅いはない。十分にまだ若いよ……」

亮介は、自分の年齢を勘定に入れながら、正克を見た。

正克は、照れた笑みを浮かべながら直立不動の姿勢を取っている。

「先生、覚えていますか？　先生がおっしゃっていました。努力をすれば必ず報われる。その実感を得ることができるまで努力をするんだって。ぼく、努力をすることが楽しいんです。頑張れそうなんです」

亮介は正克の目を見て肩を叩いた。

「正克、頑張ってみるか」

「はい、ベストを尽くしてみます」

「うん、やってみなけりゃ分からんさ。戦う相手は同じ高校生同士だ。お母さん、いつか言っていたよ。努力に勝る天才なしって」

「はい、頑張ります」

正克は、目を輝かせて返事をする。なんだか甲子園を目指している洋平にも同じことを言うような気がする。

「正克……」

「はい」

「……いや、何でもない。しっかり頑張れよ」

「はい……。先生、ぼくの夢、でかすぎますか。ぼくは欲張りですか」

「なに言っているんだ正克、夢は欲張っていいんだよ。欲張るから夢なんだ。あとは夢に向かって努力するだけだ」

「はい、頑張ります」

「うん、正克……、自分の人生は自分でしか決められないものだよ。他人が決めることではない。最後に笑っても泣いてもいいんだよ。自分の培った価値判断で決めるんだ。頑張れよ、正克！」

「はい、頑張ります。失礼します」

正克は頭を下げて、勢いよく国語科職員室を出ていった。

正克のことは、これでもう心配ないだろう。あとは正克の努力を見守ってやるだけだ。

教師って幸せな仕事だと思う。生徒の夢を語る日々に立ち会うことができるのだ。生徒の夢を自分のものにする日々は、教師の自分もまた多くの人生を生きているような気がする。

ホームルームで欠席をしていた二人の生徒に電話を入れる。勇治はやはり自宅にも不在のようだ。勇治が登校してきたら、もう一度勇治の気持ちをじっくりと聞いてみたいと思った。

国語科職員室の窓から理科教室の屋上が見える。くるくると風力計が勢いよく回っている。お椀の形をした黒いカップが風を受けて、今にも千切れそうに回転している。

ホウオウボクの大木が三本、中庭から一気に屋上まで延びて爽やかに緑の葉を広げている。屋上の風力計の激しい回転を見ると、信じられないぐらい葉は動かない。並んでそびえている椰子の葉は、風を受け、重たそうに垂れた葉を左右に揺らしている。

突然、青葉闇という言葉が亮介の脳裏に浮かんだ。付箋紙を付けていた筈だ。辞典を開いてみる。青葉闇とは、「青葉の茂みで昼でも暗いことをいう。俳句などでは夏の季語にもなっている」と記されている。正克や、勇治らのことを考えていたのだが、どうして、ホウオウボクの茂る風景に、そのような言葉が急に浮かんだのだろう。勢いよく回転する風力計とも、関係があるのだろうか。

亮介は、連想ゲームのように弾かれた言葉を、頭の中で何度も何度も反芻して、そしてほくそ笑んだ。生徒たちはそれぞれが一本一本の青葉闇なのだ。もうすぐ生徒たちにとっては高校生活最後の夏が来る。生きることは青葉闇をそれぞれの姿勢で深くすることなのだ。

亮介は、机の上の教科書を手にとって一校時の始まる教室へ向かった。

「おはようございます」

「おはよう」

廊下ですれ違う生徒たちが、明るい声を掛けてくる。そのなかに、佐和子の姿もある。佐和子も大学進学を決めてくれた。

佐和子は亮介と歩調を合わせながら廊下を歩き、身を寄せるように声を掛けてきた。

「先生」

「うん?」

「もうすぐ夏休みだね」

「そうだね」

悩める少年少女たちだが、みんな明るく未来に向かっている。いや現実に立ち向かっているのだ。

「佐和子……、夏を制する者は入試をも制するって言葉があるよ。聞いたことある？」

「うん。あるよ」

傍らの、佐和子が相づちを打つ。

「青葉闇って言葉は、人生も制するかな？」

「ええ、なあに？　先生、今の独り言なの？　先生のまた悪い癖が始まったよ」

「ほら、チャイムだ。佐和子、走るぞ！　急げ！」

亮介は、佐和子と一緒に廊下を走り教室のドアを開けた。

「起立！」

生徒たちの掛け声が、亮介の面前で爽やかに飛び跳ねた。

大城貞俊（おおしろ　さだとし）

1949年沖縄県大宜味村に生まれる。元琉球大学教育学部教授。詩人、作家。県立高校や県立教育センター、県立学校教育課、昭和薬科大学附属中高等学校勤務を経て2009年琉球大学教育学部に採用。2014年琉球大学教育学部教授で定年退職。現在、那覇看護専門学校非常勤講師。主な受賞歴に、沖縄タイムス芸術選賞文学部門（評論）奨励賞、具志川市文学賞、沖縄市戯曲大賞、九州芸術祭文学賞佳作、文の京文芸賞最優秀賞、山之口貘賞、沖縄タイムス芸術選賞文学部門（小説）大賞、やまなし文学賞佳作、さきがけ文学賞最高賞などがある。

〈主な出版歴〉

1989年　詩集『夢《ゆめ》・夢夢街道《ぼうぼうかいどう》』（編集工房・貘）
1989年　評論『沖縄戦後詩人論』（編集工房・貘）
1989年　評論『沖縄戦後詩史』（編集工房・貘）
1993年　小説『椎の川』（朝日新聞社）
1994年　評論『憂鬱なる系譜―「沖縄戦後詩史」増補』（ＺＯ企画）
2004年　詩集『或いは取るに足りない小さな物語』（なんよう文庫）
2005年　小説『記憶から記憶へ』（文芸社）
2005年　小説『アトムたちの空』（講談社）
2006年　小説『運転代行人』（新風舎）
2008年　小説『G米軍野戦病院跡辺り』（人文書館）
2011年　小説『ウマーク日記』（琉球新報社）
2013年　大城貞俊作品集〈上〉『島影』（人文書館）
2014年　大城貞俊作品集〈下〉『樹響』（人文書館）
2015年　『「沖縄文学」への招待』琉球大学ブックレット（琉球大学）
2016年　『奪われた物語―大兼久の戦争犠牲者たち』（沖縄タイムス社）
2017年　小説『一九四五年 チムグリサ沖縄』（秋田魁新報社）
2018年　小説『カミちゃん、起きなさい！生きるんだよ』（インパクト出版）
2018年　小説『六月二十三日　アイエナー沖縄』（インパクト出版）
2018年　『椎の川』コールサック小説文庫（コールサック社）
2019年　評論『抗《あらが》いと創造―沖縄文学の内部風景』（コールサック社）
2019年　小説『海の太陽』（インパクト出版）

石炭袋

記憶は罪ではない

2020年4月17日初版発行
著者　　　　　大城貞俊
編集・発行者　鈴木比佐雄

発行所　株式会社 コールサック社
〒173-0004　東京都板橋区板橋 2-63-4-209
電話 03-5944-3258　FAX 03-5944-3238
suzuki@coal-sack.com　http://www.coal-sack.com
郵便振替　00180-4-741802
印刷管理　（株）コールサック社　製作部

装画　柿崎えま　　　装丁　奥川はるみ

落丁本・乱丁本はお取り替えいたします。
ISBN978-4-86435-432-5　C0093　￥1700E